KB086286

고영배 에세이

행복이 어떤 건지 가끔 생각해

B 북폴리오

하늘 같은 엄마에게
땅 같은 친구들과 동료, 선후배들에게
바다 같은 소라너들에게
우주 같은 다윤이, 윤아, 그리고 선희에게

고영배는 내가 아는 뮤지션 중에 제일 웃기다. 그의 개그에는 모두를 웃기겠다는 욕망보단 모두를 행복하게 웃게 하고 싶다는 마음이 담겨 있다는 게 특이점인데, 소란의 음악에서 그게 고스란히 드러난다. 그는 자기가 원하는 좋은 음악은 좋은 삶에서 비롯된다는 걸 알아버린 듯하다. 유쾌하고 산뜻한 웃음은 그가 삶을 싸워낸 무기였다는 걸 이 책을 보고야 알았다. 현실과 꿈을 동시에 끌고 가는 그의 이야기가, 그 두 가지는 양립할 수 없다고 너무 일찍 좌절해버리는 이들의 손을 당장 잡아줄 수 있을 것이다.

_ **김이나** (작사가)

독후감: 고영배 작가의 《행복이 어떤 건지 가끔 생각해》를 읽었다. 수필이라고 들었는데 전설 고영배의 위인전이었다. 음악 이야기는 어려웠지만 신기했고, 이상하게 군대 이야기는 다 알아듣겠고 너무 재미있었다. 가족에 대한 부분은 나도 모르게 그만 눈물이 나왔다. 나도 얼른 어른이 되어서 이런 따뜻하고 훌륭한 사람이 되어야겠다고 생각했다.

… 근데 내 얘기가 별로 없다.

_ **권정열** (10CM, 가수)

나는 행복해지고 싶을 때 그의 음악을 듣는다. 아주 알맞은 햇살 같은 느낌은 그가 겪어온 이야기에서 비롯된 것이라기보다 그것을 이야기하는 고영배 자체의 힘이다. 이 책에 담긴 고영배의 인생 선율을 보고 알 수 있었다. 왜 내가 그토록 그의 음악을 좋아하는지.

_ **전소민** (배우)

프롤로그

　이 책에는 그동안 들키고 싶지 않았던 저와 내심 더 알리고 싶었던 저에 대한 이야기가 가득해요. 다 읽고 나면 웬만한 지인보다 저에 대해 더 많이 알게 될 텐데 괜찮으시죠?

　가끔 생각하는 정도로는 잘 알기 어려운 게 행복이지만, 이 책을 기다리고 응원해주는 사람들이 제 곁에 있다는 건 생각만 해도 벅차도록 확실한 행복입니다.

2023년 9월

고 영배

차 례

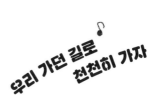

PART 1

우리 가던 길로
천천히 가자

PART 2

행복이 어떤 건지
가끔 생각해

PART 3

고마워 🎵
예쁘게 웃으며 얘기해줘서

우리 가던 길로
천천히 가자

소극장 장기 공연

내가 하고 있는 밴드 소란은 매년 봄마다 소극장에서 장기 콘서트를 연다.

소극장이라는 말도, 장기라는 말도 공연계에서는 상대적으로 쓰인다. 누군가에게는 너무 큰 꿈의 무대가 누군가에게는 오랜만에 관객들과 호흡하는 소극장일 수도 있고, 몇 회차의 공연이 장기인지 단기인지는 아무도 정해주지 않았다. 100회 콘서트를 여는 사람도 있으니 해마다 아홉 번에서 열 번이 넘게 진행되는 우리 콘서트가 그렇게까지 장기 공연인지는 확신할 수 없으나, 10년이 넘도록 (코로나 시기를 제외하고) 매년 진행되고 있다는 점에서 길게 보면 장기라는 말도 옳다는 생각이 든다.

장기 공연은 정말 신경 쓸 일이 많다. 진짜 많다. 가장 큰 문제는 나의 민폐 예민함이 장기로 지속된다는 것이다.

콘서트는 관심과 사랑, 그리고 기대감을 가지고 심지어 돈과 시간을 써서 찾아와주는 사람들 앞에 서는 일이다. 탈지구급 슈퍼 탤런트를 지녀서 지금 바로 무대 위에 올라도 그 모두를 감동시키는 상상을 해본 적도 있지만, 당연히 나는 준비가 많이 필요한 사람이다. 또한 사실 그런 슈퍼스타들도 엄청난 준비와 노력을 쏟아 무대에 오른다(라고 적으며 아니면 억울할 것 같다는 상상을 또 한다. 마이클 잭슨은 연습을 안 해도 잘할 것 같은 느낌). 더군다나 매년 공연이 반복되면서 내가 직접 기획, 연출을 하는 비중이 높아졌기 때문에 퍼포먼스에 앞서 프로덕션의 고민까지 더해져서 압박이 몹시 심하다.

내가 바라는 멋진 모습의 나는 이런 일을 스스로 거뜬히 해나가면서 집에 와서는 전혀 티 내지 않고 가족들과 여유 있게 시간을 보내는 것이다. 아이들과 재 밌게 놀다가 재운 뒤 아내와 둘이서 이야기를 나눌 때, "그런데 콘서트 준비는 잘되어가냐"는 질문에 비로소 "쉽지 않지~ 하지만 괜찮아" 정도로만 답하는 의연한 모습. 그러나 현실은 그러기가 힘들다. 콘서트 준비 초기 셋리스트를 짤 때나 미팅을 하기 시작할 때 집에 오면 머릿속이 온갖 상상과 계획으로 가득 찬다. 아내와 아이들이 종종 내게 무슨 생각하느냐고 물을 정도로 틈만 나면 머리를 데굴데굴 굴리며 이런저런 구상을 한다. 그러다가 합주가 진행되면 막상 해보니 내 상상과 다른 부분도 해결해야 하고, 멤버들의 연주나 내 노래도 더 좋아야 할 것 같고, 살도 좀 빼야 될 것 같고 하면서 온갖 예민과 호들갑이 시작된다. 목 관리에 바짝 신경 쓰고, 최근에는 집에서 음식을 조금 싱겁게 먹겠다며 야단을 떨었던 게 생각이 난다. 잘 안되고 힘들어도 난리지만, 편곡이나 뭔가가 재밌고 괜찮게 나왔을 때도 호들갑이 심해지는데 합주실에서 휴대폰 녹음기로 대충 녹음해온 것을 집에서 아내와 아이들에게 들려주면서 어떠냐고 자꾸 묻는다. 사실 그렇게 대충 녹음해오면 음질이 안 좋아서 의도 같은 것을 정확히 느끼기 어려운데 착한 아내와 큰딸 다윤이는 언제나 너무 좋다고 리액션을 해준다. 막내 윤아는 진짜 좋을 때만 좋다고 한다. 윤아도 착하다.

그러다가 이제 공연이 코앞에 다가오면 이렇게 직접 글로 쓰기가 민망할 정도로 꼴불견 예민 민폐쇼가 펼쳐진다. 날짜가 임박하면 부족한 것들만 보이기 때문에 계속 스태프분들과 상의하며 신경이 곤두서 있고, 목이 안 좋아질까봐 건강 호들갑이 본격적으로 가동된다. 아이들은 환절기마다 꼭 한 번씩 유행하는 감기에 당할 수밖에 없는데, 그럴 때 안아주지도 못하고 밥 먹을 때 역시 조심할 수밖에 없다. 놀랍게도 별로 신경 안 쓰고 종일 아이들과 시간을 보내는 아내는 절대로 감기에 걸리지 않는다. 심히 부러운 부분이다. 조급하게 작업실이나 합주실에 나가서 잘못된 걸 수정하고 빼먹은 것도 얼른 추가하고, 집에 와서는 또 뭔가 이상할까봐 전전긍긍하며 가족들에게 신경 쓰지 못하는 이 모습. 내가 상상한 멋진 나와는 정확히 딱 반대이다.

다른 콘서트들은 이런 과정을 거쳐서 주말 이틀 혹

은 사흘 동안 공연하고 나면 드디어 '끝!!'이지만 이 공연은 장기라는 것이 이야기의 절정이다. 공연을 하면서도 수정할 것들이 계속 생긴다. 그리고 회차가 많기 때문에 날마다 분위기나 퍼포먼스가 상당히 다르다. 좋았던 날은 집에 와서 홀가분해하다가, 만족이 안 되는 날은 인상 쓰고 아쉬워한다. 또 체력이 매우 소모되기 때문에 집에 오면 기운이 없어서 거의 몸을 삶듯이 뜨거운 물로 샤워한 후 잠자기 바쁘다. 아침에 일찍 깨면 잠이 부족해서 목소리가 안 좋을까봐 날이 선다. 부을까 싶어 음식을 가려 먹고 목 때문에 말도 많이 안 하고, 아주 그냥 한 달짜리 장기 예민쇼가 펼쳐지며 자연스럽게 가족들이 모두 나에게 조심하게 되는 것이다.

계속해서 말하지만 이건 내가 원하는 스스로의 모습이 아니기도 하고, 매년 나도 이 문제에 대해 자각을 하고 있다. 그러지 않으려고 노력도 한다. 그런데 그게 참 쉽지가 않다. 나는 지난해에 그토록 열심히 준비했던 공연보다 더 좋은 공연을 계속해서 만들어야 하기 때문이다. 여유 있고 거뜬하게 준비해내고 싶다는 마음이 커지는 만큼 공연 준비의 난도 역시 같이 올라가는 듯하다. 그래서 이상적인 상상 속의 나까지는 못 되더라도 최소한 이런 것들을 자연스럽게 받아들이려 애쓰고 있다.

조바심과 호들갑이 심해지면 이제 가족들에게 먼저 묻는다. "나 요즘 좀 심하지?" 그리고 어느 순간 마음이 좀 편하고 덜 예민하게 시간을 보낼 때면 "요즘에는 덜 그러지 않아?" 하면서 자연스럽게 마음을 공유하려 한다. 그렇게 하니까 아내와 아이들도 정말 고맙게 나의 마음을 이해해주었고, 공연을 마친 후 같이 뿌듯해하고 자랑스러워해주는 경험이 쌓여갔다.

경력이 늘고 공연 회차가 많아질수록 잘해야 한다는 부담이 커지고 더 예민해질 수도 있겠지만, 또한 상상 속의 나처럼 멋지게 일과 일상을 분리해낼 수는 없겠지만 그래도 자신감이 생긴다. 나는 쭉 장기 공연을 해낼 수 있을 것 같다.

　서태지와 아이들을 좋아하고 마이클 잭슨의 'History' 앨범을 즐겨 듣던 어린이가 중학생이 되었을 때 우연히도 학교에 일렉 기타를 치는 친구가 있었다(이 친구는 지금 우리나라에서 가장 유명한 기타 연주자 중 한 명인 정수완이다). 어떻게 친해졌는지는 잘 기억이 안 나지만 생각보다 쉽다며 내게 여러 노래들을 가르쳐주었다. 서태지의 ⟨Take 5⟩, 너바나(Nirvana)의 ⟨Smells like Teen Spirit⟩, 메탈리카(Metallica)의 ⟨Enter Sandman⟩ 같은 노래들이었다. 멋지고 신기하게 생긴 기타를 만져보고, 좋아하던 노래를 조금이나마 칠 수 있게 된 건 기뻤지만 딱 거기까지였다. 몇몇 좋아하는 노래들이 우연히 록 사운드였을 뿐 록 음악 자체에 끌렸던 건 아니었고, 더구나 그 당시 밴드와 록 음악들이 가지고 있었던 어딘지 으스스한 분위기가 무서워 오히려 싫어했었다. 앨범 재킷에 해골이나 공동묘지가 있으면 즉시 걸렀다. 무엇보다 잠깐 배우는 것만으로 손가락이 아팠고 집에 기타도 없었다.

여의도남자고등학교의 축제인 너섬제, 그중에서도 밴드부 '이데아'의 공연은 꽤 인기 있는 행사였다. 다른 학교 학생들도 많이 찾아와서 길게 줄을 섰고 넓은 강당 2층까지 관객들이 가득 찼다. 나도 고등학생이 되고 나서 그 밴드부에 관심이 있었는데 들려오는 소문이 조금 흉악했다. 이 학교에서 싸움 제일 잘하는 형들이 다 밴드부에 소속되어 있다든가, 들어가서 못하면 담배빵을 당한다더라, 며칠 전에도 다른 학교랑 패싸움을 했다더라 등 지금 생각해보면 어처구니없는 헛소문이 대부분이지만 그때는 듣기만 해도 너무 무서웠다(학교에서 싸움 제일 잘하는 형이 밴드부인 건 사실이었다). 음악에 무서운 분위기만 풍겨도 거르는 내가 이런 전설 속의 불량서클에 들어간다는 건 당연히 상상도 할 수 없는 일이었고, 수완이가 들어가려 한다기에 되레 말리고 싶은 심정이었다. 고민 끝에 나는 친하게 지내던 수다 멤버들과 함께 장기부에 들어갔다. 장기부는 말 그대로 모여서 장기만 두는 곳이었다.

밴드부의 1학년은 인턴 같은 과정이다. 메인 학년인 2학년이 공연의 많은 부분을 소화하고 3학년은 학업에 전념하며 한 번씩 점검해주는 식으로 돌아간다. 1학년 때는 각 악기 파트와 대표 보컬 정도로 최소 인원만 뽑는다. 어차피 축제 때 몇 곡 부를 일이 없으니 그 멤버면 충분했다. 하지만 2학년이 되어 거의 대부분의 축제 공연 시간을 소화하려면 불러야 하는 곡 수가 많아지기 때문에 대규모 충원(특히 보컬)이 이루어진다.

여기까지는 선명한 기억이다. 그런데 그다음이 아무리 애를 써도 잘 떠오르지 않는다. 그렇게 무서워했던 밴드부에서 2학년 보컬을 뽑는다고 했을 때, 내가 무슨 계기로 마음이 바뀌어서 오디션을 보기로 했는지 도무지 모르겠는 것이다. '마침내 그 2학년 보컬 오디션장에 들어선 건 그야말로 운명이었다'라고 쓰자니 정말 내 취향이 아니라서 난처하지만 그럼에도 불구하고 지금으로선 방법이 없다.

오디션은 동아리실에서 치렀다. 대체로 무겁고 무서운 분위기 속에 의외로 친절한 형들도 있었다. 저편에서 담배 연기가 났지만 서로서로 친해 보이기도 했다. 너무 추울 것 같은데 해가 비추면 또 뜻밖에 따뜻한, 그런 날씨 같은 이미지로 그날이 남아 있다. 그래도 겁이 났기 때문에 차라리 떨어지면 좋겠다는 마음과 막상 떨어지면 속상할 것 같은 마음이 동시에 들었다. 함께 장기를 두던 친구들은 넌 노래를 잘 부르니까 꼭 될 거라며 응원해주었다(문득 생각해보면 그때도 지금도 주변에 서로 추켜세워주는 친구들이 꼭 있었던 것 같다. 그런 사람과 관계들은 언제나 큰 힘이다).

결과는 합격. 예상보다 많은 인원을 뽑았고 경쟁률은 그다지 높지 않았다. 결국 주된 직업이 밴드 보컬이 된 현재 시점에서 이제 내 글쓰기 취향을 바꿔보려고 한다.

고등학교 2학년 때 밴드부에 들어가게 된 건 그야말로 '운명'이었다.

잊지 못할 첫 공연

　대망의 공연 날, 2층 강당에서부터 정문 밖까지 길게 줄이 늘어섰다. 아, 지난해 축제 때 봤던 긴 줄이 이 공연을 보러 온 줄이었구나. 그때 난 밴드부 공연은 보지 않았다. 다른 친구들은 대부분 이렇게 많은 사람 앞에서 공연하는 게 처음인 듯했지만 나는 내 나름대로 경험이 제법 있었다. 아주 어렸을 때부터 나를 무대 체질이라고 판단하신 엄마와 유치원 선생님 덕분에 발표회 사회자로 시작해서 웅변대회, 노래대회, 교회 성가대 등 사람들 앞에 선 일이 남들보다는 잦았다. 그러나 이건 차원이 달랐다. 동경해오던 '콘서트' 같은 무대인 데다 덤덤하게 맞기엔 관객이 너무 많았다. 바로 옆에 있는 여의도여고뿐 아니라 인근 다른 학교에서까지 구경을 왔고, 지나가면서 줄을 서 있는 모습만 봐도 다들 잘 노는(?) 친구들 같아 잔뜩 위축되었다. 내 딴에는 제일 멋있고 화려한 옷을 챙겨 입고 수완이랑 컬러무스로 머리카락에 브릿지도 만들었다. 어렵게 구한 체인까지 바지에 달았는데 여전히 뭔가 부족하고 아쉬운 기분이었다. 정해진 시간이 다가오자 관객들이 강당으로 입장했다. 2층 좌석에는 학교 선생님들과 부모님들까지 오신 것 같았다. 나는 중간쯤 순서에 두 곡을 부를 예정이었는데 리허설 때 힘을 너무 주어서인지, 들떠서 하루 종일 떠들어서인지 모르겠지만 이미 목이 반쯤 쉬어 있었다. 긴장과 설렘이 뒤엉킨 채로 공연은 시작되었다.

축제 공연이 열리기 몇 달 전부터 선곡과 연습이 진행되었다. 악기를 연주하는 멤버들은 거의 고정이고 보컬만 돌아가면서 몇 곡씩 부르는 구조이기 때문에, 각 보컬들의 성향과 소화 실력에 따라 노래가 결정될 수밖에 없었다. 그러다보니 록부터 팝, 가요까지 셋리스트는 종잡을 수 없는 장르의 향연이었다. 동아리나 취미 밴드의 영역은 대개 이 지점에서 싸움이 시작되는 경우가 많다. 연주를 하는 멤버 입장에서는 보통 '밴드 음악'으로 느껴지는 록이나 록 류의 팝 음악이 악기를 배운 계기이기도 하고 연주하기도 좋다. 반면에 보컬은 그런 노래 대부분이 영어고 어려운 데다 관객이 모르는 경우가 많다보니 평소 자기가 부르기 좋아하는, 그리고 사람들도 많이 알 것 같은 가요풍의 노래를 하고 싶어 한다. 하지만 이건 프로그래밍된 사운드가 많이 쓰이는 까닭에 밴드 사운드만으로 만들고 연주해내기가 까다롭다. 나도 나중에 성인이 되어 취미로 했던 밴드에서 이 문제로 싸운 적이 있었다. 그런데 이 밴드부의 우리 학년 연주 정예 멤버들은 그런 게 없었다. 물론 자신이 하고 싶은 음악을 어필하긴 했지만 거의 보컬들이 원하는 곡을 열심히 카피해서 소화해주었다. 앞에 소개한 기타리스트 정수완도, 현재 우리나라 최고 베이시스트 중 한 명인 이수형도 무척 착하고 실력이 좋았기 때문에 가능한 일이었다. (나까지 이렇게 세 명이 아직도 필드에서 음악을 열심히 하고 있다는 게 우리끼리도 늘 신기해하는 일이다.) 연주 멤버들이 받아주기까지 하니 셋리스트는 참으로 다채로웠다. 나는 당시 가장 좋아했던 서태지의 〈오렌지〉라는 노래와 다른 한 곡을 불렀는데 그게 뭐였는지 기억이 나질 않는다. (그다음 해 고3 때는 축하 무대로 당대의 히트곡 브라운 아이즈의 〈벌써 일년〉을 불렀다가 너무 높아서 계속 떼창을 유도해야만 했다.) 어쨌든 발라드나 가요풍의 노래들 사이에서 내 순서는 조금 신나고 퍼포먼스가 가미된 것이었다.

밴드부실에서 연습을 하다가 공연 날이 어느 정도 다가왔을 때부터는 강당에 악기를 가져다놓고 무대에서 리허설처럼 연습을 할 수 있었다. 클럽활동 시간이나 방과 후에 악기와 마이크가 있는 곳에서 친구들과 떠들고 놀면서 설레는 공연을 준비하는 건 정말 신나는 일이었다. 텅 빈 강당이 꽉 차는 상상을 하며 연습하는 동안 뮤지션이 되고 싶다는 꿈도 자연스럽게 커져갔다. 다만 그때는 진짜 음악을 하고 싶은 건지, 음악을 이용해서 사람들 앞에 서고 싶은 건지 정확하게 구분하지는 못했던 것 같다.

공연이 임박한 어느 날 고3 형들과 오비 멤버로 불

리는 졸업생 형들이 점검차 강당으로 찾아왔다. 선배들이 왔을 때 연습이 제대로 안 돼 있으면 무지막지하게 혼낸다더라, 누구는 끌려가서 맞았다더라 하는 식의 소문이 무성한 바로 그 시간이었다. 그날은 묘한 긴장감이 강당에 감돌았고, 형들이 우르르 강당으로 걸어 들어올 때는 영화 〈친구〉나 〈범죄와의 전쟁〉 같은 분위기마저 흘렀다. 너무 무서웠지만 준비하고 있는 노래와 퍼포먼스를 점검받았고, 내가 습관적으로 뒷짐을 지고 있을 때가 많다는 피드백을 받았다. 그렇게 쫄았으면서 왜 뒷짐을 지고 있었을까? 엄청나게 혼난다거나 끌려가서 얻어맞는 일은 역시 없었다.

공연이 시작되고 준비한 곡들이 연주되었다. 흐릿한 기억이지만 보컬 멤버 중 키 큰 친구가 불렀던 버즈의 노래가 인기를 끌었다. 내 차례가 되었다. 단 두 곡이었으나 준비한 것들을 열정적으로 선보였다. 서태지를 흉내 내며 수완이와 함께 헤드뱅잉을 하고 있는 장면은 사진으로 찍혀 졸업앨범에 박제되었다. 절대로 공개되어서는 안 될 소중한 추억이다. 공연을 보신 선생님 중

한 분이 너는 끼가 있다며 나중에 꼭 이런 일을 하라고 응원해주신 게 지금도 감사하다. 공연, 뒷정리, 뒤풀이까지 다 마친 뒤, 꼭 또 무대에 서서 더 많은 노래를 부르고 싶다는 생각을 했다. 이때부터 나는 공연에 중독되기 시작했다.

너 재수해라

클래식 작곡을 전공하기로 한 건 내 인생에서 참 재미있는 부분이다. 정말 솔직하게 최초로 고백하자면, 실용음악과라는 전공이 재즈와 대중음악을 잘 배울 수 있고 필드에서 활동하는 졸업생들도 많다는 사실을 자세히 알았더라면 처음부터 그쪽에 도전했을 것이다. 나는 이런 걸 제대로 알지도 못하고, 그저 막연히 내가 좋아하는 유재하, 유희열, 김형석 선배님들이 모두 작곡과 출신인데도 대중음악을 잘하니까 도움이 되나보다 하고 시작했다. 돌아보면 정보도 없이 무턱대고 돌진한 막무가내였다. 작곡과 입시 중 실기는 학교마다 조금씩 다르지만 여러 가지를 준비해야 한다. 당연히 피아노곡을 시험장에서 즉석으로 작곡하는 작곡 시험이 있고, 화음에 대한 문제를 푸는 화성법 시험도 있다. 피아노 연주 시험, 악보를 처음 보고 부르는 시창, 들리는 음을 악보에 받아 적는 청음 시험을 보는 학교도 많다. 각 시험이 전부 어렵고 준비할 것이 많아서 좋은 선생님께 레슨을 잘 받는 게 매우 중요하다.

　나도 엄마의 지인분이 소개해주신 한 선생님께 레슨을 받게 되었다. 능력 있는 선생님이셨고 정말 무서운 분이기도 했다. 사실 내가 숙제도 잘 안 해 가고, 스스로 보기에도 같이 배우는 다른 친구들보다 실력이 느는 게 더뎠다. 나 자신도 꽤나 충격을 받았던 부분이다. 아주 어릴 때부터 무엇이든 금방금방 배워서 괜찮게 해내는 편이었고, 심지어 음악은 주변에서 잘한다 잘한다 칭찬을 받아 선택한 일인데 마음처럼 안 늘고 매번 혼나니 이게 맞는 길인가 싶었다.
　그렇게 고3이 되어 수능 보고 실기를 치르는 날까지 매일매일 선생님 댁에 가서 공부하다가 레슨을 받으면서 하루를 보냈다. 점심 먹고 선생님 댁에 도착해 거의 지하철 막차 시간까지 거기 있었다. 집에 돌아와 숙제 조금 하고 잠들면 아침에 다시 피아노 레슨을 가거나 연습하고 또 선생님 댁으로 출근하는 날들의 반복이었다. 나는 이 입시 준비가 너무나 어려웠다. 돌아보면 화성법 문제를 푸는 것이나 주어진 동기로 피아노곡을 쓰는 작곡 입시 시험은 수학적인 사고력을 상당히 요하는 것이었다. 물론 크게 보면 음악이지만 수학 문제를 잘 푸는 사람이 더 잘할 수 있을 만한 요소가 많았다. 나는 계속 헤매며 답답한 제자리걸음을 했다. 이때 나와 같이 매일 나오던 다른 두 친구는 나보다 훨씬 나은 것처럼 보였다. 원래도 무서웠던 선생님은 점점 더 무서워지셨다. 레슨하러 선생님 방에 들어갈 때마다 꼭 어디 끌려가는 기분이 들 정도였다. 실기 시험이 다가오던 어느 날 내가 푼 문제를 들고 검사받으러 선생님 방에 들어갔는데 그날따라 표정이 어두우셨다. 앞의 몇 문제 정도를 살펴보다가 종이를 탁 내려놓고 뭔가 결심하신 듯 말씀하셨다.

"너 이쪽에 소질이 없구나. 진짜 열심히 해야 대학

갈 수 있어. 근데 내가 보기에 올해는 힘들 것 같다."

"네?"

"너 재수해라."

날벼락 같은 이야기였다. 음악을 하겠다는 꿈 때문에 하루하루 힘든 시간을 보내고 있는데, 소질도 없는데다 이걸 1년을 다시 하라니! 내가 소질이 없다니. 재수라니. 눈물이 뚝뚝 떨어졌다. 생각 좀 해보라는 말과 함께 그날 수업이 끝났다. 지하철 막차를 타고 대방역에 내렸다. 여의도를 순환하는 823번 버스를 타야 했지만 이미 끊겨버린 후였다. 대방역에서 여의도로 넘어오는 여의교를 걸어서 건너며 눈물이 쏟아져 내렸다. 매일 혼나는 바람에 그 다리에서 눈물을 훔친 적은 벌써 몇 번이나 있었다. 그러나 이날은 정말이지 펑펑 울었다. 조금 운 날은 친구들한테 연락해 얼굴 보고 노래방이라도 가서 기분을 풀곤 했지만 이땐 그러지도 못했다. 내가 열심히 안 하고, 잘 못해서 생긴 인생 최초이자 최악의 실패 같아서 한없이 슬프고 좌절되었다. 어렵게 레슨비를 주시는 엄마께도 죄송하고 면목이 없었다. 늘 이 다리를 건너며 듣던 티스퀘어(T-Square)의 〈Omens of love)라는 연주곡은 그래서인지 그렇게 슬픈 노래도 아니건만 지금도 들으면 마음이 싱숭생숭해진다. 결국 차마 엄마께 이야기를 꺼낼 수 없어 밤새 뒤척이다가 이튿날 다시 레슨을 가서 선생님을 만났다.

"생각해봤니? 재수할래, 어떡할래?"

나는 올해 꼭 대학을 가고 싶다며 남은 기간 열심히 하겠다고 말했다. 선생님은 몇 번이나 다그치며 다짐을 확인한 다음 알겠다고 다시 한번 최선을 다해보자고 하셨다. 그리고 이렇게 말씀하셨다.

"너 내일부터는 레슨비 가져오지 마. 너희 어머니 힘들게 레슨비 주시는 거 내가 다 아는데 실력이 늘기 전까지는 죄송해서 돈 못 받겠으니까."

그날 밤 여의교에서 또다시 엄청나게 울었다. 엄마께 너무 죄송하고 자존심도 상하고 참담한 심정이었다. 이렇게 되니 더 숨기지도 못하고 현재 상황을 무조건 엄마에게 다 말해야 했다. 비싼 레슨비를 매일 받아서 그날그날 내고 있었는데, 아침에 어떻게 이야기를 꺼내야 할지 비참한 고민을 했다. 다음 날 레슨을 나가려고 하는데 엄마 표정이 너무 안 좋으셨다. 선생님과 이미 통화를 한 것이었다. 엄마는 너 어떡하려고 그러느냐며, 선생님께 죄송하다 말씀드리고 열심히 하라고 했다. 이 날은 레슨 가는 길에도 울었던 것 같다.

막상 실기 시험이 코앞으로 다가오자 선생님은 실력이 갑자기 많이 늘었다고 내게 폭풍 칭찬을 해주셨다. 이게 정말 네가 쓴 거냐며 의아할 정도로 격려를 쏟아내셨다. 직접 말씀하신 건 아니지만 아마 이런 과정 모두 선생님의 작전이었던 듯하다. 하도 정신을 안 차리고 성장이 더디니까 강력한 충격요법을 사용하고, 시험이 다가와 사기가 중요할 때는 칭찬을 많이 해주어서 탄력받아 시험을 잘 볼 수 있게 해주신 방법들이었다 (넘겨짚는 게 아닐 확률이 큰 이유는 나중에 같은 선생님께 배운 분을 만났는데 그분도 비슷한 일을 겪었다고 했기 때문이다).

결국 재수는 하지 않고 목표했던 학교에 합격했다. 쓰라린 시련의 시간을 건넜지만, 돌아보면 감사하다. 그럼 이다음에 사랑하는 두 딸 다윤이와 윤아가 목표를 향해 달려갈 때 과연 어떤 선생님을 만나면 좋을까. 아빠인 나는 어떻게 조언하고 도와주어야 할까. 이런 생각이 들면 고민이 깊어진다. 실패와 상처의 기억이 나에게 경험이자 원동력이 되는 건 맞지만, 아이들이 그걸 꼭 겪어야만 할까 싶기도 하다. 아니, 안 겪었으면 좋겠다. 어떤 게 맞을까.

좋으나 싫으나, 음악

그렇게 어렵게 합격했지만 눈앞에 마주한 대학교 1학년 생활은 충격의 연속이었다. 우선 학교 OT에 전교 신입생 중 나 혼자만 안 갔다. 안 가도 되는 수련회 같은 것인 줄 알았는데 조교와 선배들 전화가 돌아가면서 와 심상치 않음을 느꼈다. 그랬는데도 안 갔다. 내 인생 최대의 저항정신이었다. 학기가 시작되고 나서 배우는 수업들은 예상과 전혀 달랐다. 이름은 클래식작곡과지만 우리가 흔히 생각하는 클래식 음악에 관련된 수업은 몇 개 없고 대부분 '현대 음악'이라는 아주 낯설고 어려운 것을 주로 배웠다. 음악이라는 것 자체를 아예 새롭게 생각해야 하는 부분이 많았는데, 비교적 유명한 예를 들자면 무대에서 연주자가 피아노 커버를 열고 아무 연주도 하지 않는(그 시간 동안 생겨나는 잡음을 비롯한 모든 소리가 음악이 된다) 존 케이지의 곡 같은 것이다. 한마디로 말하자면, 이런 건 줄 몰랐고 나는 적응을 못 했다.

고등학생 때까지 단 한 번도 해본 적 없던 일탈을 대학생 때 봇물 터지듯 몰아서 했다. 수업을 거의 안 가고 친구들과 놀러 다녔다. 당시 매일 보던 친구 중 한 명은 나처럼 대학교 1학년 생활을 대충 하고 있었고 또 다른 한 명은 재수생이었다. 다소 기괴한 조합의 세 명이었지만 우리끼리 알차고 재미있게 놀았다. 재수하던 친구의 공부가 끝나면 밤에 만나서 게임하고, 노래방 가고, 마음 내키는 날 훌쩍 속초나 안면도로 여행을 갔다. 문제는 전공과목 시험을 보는 날에도 여행을 갔다는 거다. 결국 1학년 한 학기가 펑크 나 훗날 나는 제때 졸업을 못 하게 되었다. 함께 1학년 생활을 설렁설렁 했다는 친구도 알고 보니 이 정도까지는 아니었다. 여담이지만 나만 졸업을 늦게 하게 되었을 때 '아, 놀 때 놀더라도 전공만은 펑크 내지 말걸' 하는 진한 후회를 담아 만든 곡이 소란의 〈그때는 왜 몰랐을까〉이다.

　1학년을 마치고 휴학한 후 아내를 만나 연애에 열중하다가 입대를 했다. 누구나 그렇지만 군대에 가면 사춘기 같은 걸 겪게 된다. 몸고생, 마음고생을 하다보면 철이 드는 듯한 착각을 살살 하면서 사람이 현실적으로 변해 앞으로 어떻게 살아야 할지 고민이 많아진다. (조금 다른 이야기이나, 실제로 그런 마음이 생기면서 생각이 너무 많아지는 이맘때쯤과 전역이 다가올 때쯤 밖에 있는 여자친구와 헤어지는 사람들도 꽤 많다.) 나는 이등병 시절 부대에 막 적응해갈 무렵 그게 가장 심했다. 아침 운동으로 줄을 서서 뛰는 도중에, 일과 중에, 잠들기 전에도 고민이 계속되었고 채 일병이 되기도 전에 내 나름대로 결론을 내렸다. 나는 학과를 잘못 선택했고, 지금이라도 다른 전공과 진로를 생각해내야 한다는 것이었다. 그때까지 군 생활 속에 음악에 대한 열정이 샘솟는 순간은 없었다.

　이런 일상 가운데 내겐 큰 의미를 지닌 의외의 상

황 두 가지가 생겼다. 한 가지는 이례적으로 내 보직이 바뀌었다는 것이다. 원래 나는 106밀리미터 박격포와 포병들을 태우고 다니는 차를 운전하는 운전병이었다. 그런데 내가 있는 부대의 가장 높은 간부였던 연대장님 차를 태우는 운전병을 뽑는 과정에서 원래 하기로 정해져 있던 병사에게 문제가 생기는 바람에 갑자기 그 보직을 대신 맡게 되었다. 겨우 지금 하는 일과 내무실 생활에 익숙해지던 차에 급작스레 보직을 바꾸라고 하니 처음에는 군 생활이 이렇게 꼬이는구나 좌절도 많이 했다. 그러나 겪어보니 솔직히 훨씬 더 편한 보직이었다. 게다가 내가 모셨던 연대장님이 인격적으로 매우 훌륭한 분이라 더 좋았다. 또 한 가지는 부대 안에 있는 교회에서 일하는 군종병이 새로 왔는데, 밖에서 실용음악을 전공한 작곡가 지망생이었고 컴퓨터로 음악을 만드는 미디와 시퀀싱을 대단히 잘하는 친구였다는 것이다. 이 친구가 성격까지 무척 착해서 음악이나 시퀀싱에 대해 내가 몰랐던 것들을 많이 알려주었다. 게다가 1호차 운전병이라는 게 부대 안에서 제일 높은 분 차를 운전하는 것이다보니 보통 그 일 말고는 다른 자잘한 작업이

나 근무를 전부 안 해도 되는 경우가 많았다. 주차장에서 연대장님을 기다릴 때는 차에서 라디오나 카세트로 음악을 들을 수도 있었다. 운행이 없는 시간에는 비교적 자유롭게 보낼 수 있어서 생각도 많이 하고 뭔가 떠오르면 수첩에 가사나 글을 적어보게 되었다. 그렇게 여러 가지 바뀐 환경이 꽤 큰 동기부여가 되었다.

　군대에 오면서 잊어버렸던 음악의 재미에 다시 빠져들었다. 음악을 듣고 만드는 걸 그토록 좋아해서 전공까지 했는데, 군 생활 초반에 까맣게 잊었던 것이 신기했다. 좋은 음악을 차에서 카세트로 들으면서, 교회에서 악기를 연주하고 몰랐던 것들을 배우면서 새롭게 마음이 두근거리고 자꾸만 뜨거워졌다. 급변한 이 상황들이 마치 나한테 음악을 포기하지 말라고 말해주는 것 같은 느낌이 들 정도였다. 계급이 병장쯤 되자 내무실 오디오를 마음대로 조작할 수 있었다. 그 무렵 친구가 밖에서 내가 좋아할 것 같다며 CD를 몇 장 보내주었는데, 거기 존 메이어(John Mayer)의 1집이 있었다. 〈No Such Thing〉, 〈Back to You〉 같은 노래들을 들으며 밴드 사운드인데도 세련된 팝스러운 느낌이 나는 데다 어쿠스틱 기타의 소리까지 환상적이라 홀딱 반해버렸다. '밴드가 이렇게도 할 수 있구나. 나도 밴드를 만들어볼까' 하는 바람이 조심스레 생겨났다. 그렇게 점점 군 생활이 끝을 향해 갈수록 음악을 다시 하고 싶은 마음도 가득해졌다.

전역을 앞두고 나의 진로에 대해서 결국 이런 결정을 내렸다. 좋으나 싫으나 내가 선택한 학교니 무조건 성실히 다녀서 잘 졸업하자. 최소한 전공 결정을 믿어주고 비싼 레슨비를 내어주신 엄마만 생각하더라도 그게 옳다. 그리고 학교에 다니면서 대중음악 쪽으로 진로를 찾자. 싱어송라이터가 되거나 멤버를 구해 밴드를 하는 것도 좋겠다. 어느 쪽이든 학교 공부를 열심히 하면서 데모곡을 좀 만들어야겠다.

인생에서 진로에 대해 고민한 아주 많은 순간이 있었지만 이때가 가장 결정적이었다. 그때 군 생활이 변하지 않아서 전역하며 학교와 음악을 포기했다면 나는 뭘 하게 되었을까.

입대한 지 벌써 20년이 다 되어간다. 요즘 일이 손

에 안 잡히거나 의지가 부족하다고 느낄 때 그 시절이 종종 생각난다. 초심을 찾으러 한번 방문하고 싶다는 생각도 든다.

작업실의 로망

음악을 하고 싶어 하는 사람은 누구나 멋진 개인 작업실을 꿈꾼다. 지금이야 컴퓨터 딱 한 대만 있어도 음악을 만들 수 있는 시대지만, 내가 어릴 때만 해도 장비나 악기 같은 것들이 정말 비쌌다. 개인 작업실에서 스튜디오처럼 작업하려면 그 비싼 장비를 방 가득 모아야 그나마 퀄리티 있는 음악을 만들 수 있었다. 바꿔 말하면 진입장벽이 높았다는 얘긴데, 그래서 그 시절 작·편곡을 하려면 어느 정도 부자여야 한다는 말이 있을 정도였다. 그렇다보니 미디어에 비치는 뮤지션의 작업실은 보기 드물고, 귀하고, 멋져 보였다. 장비들에 맞춰서 디자인된 데스크, 커다란 믹싱 콘솔, 무심하고 쿨하게 가운데 놓인 모니터와 매킨토시 컴퓨터, 웅장한 스피커와 방음 장비들, 가지런히 쌓여 있는 건반과 모듈악기들, 아웃보드, 마이크와 헤드폰까지 어느 것 하나 신기하지 않은 게 없었다. 당시에는 패션이나 게임처럼 음악(특히 레코딩과 엔지니어링에 특화된) 잡지도 있었는데, 그 잡지에 내가 좋아하는 뮤지션의 작업실이라도 나오면 사진을 구석구석 살피면서 어떤 걸 쓰는지 알아보고 무슨 소리가 날까, 어떻게 쓰는 걸까 상상하며 즐거워했다.

내가 고등학교 때쯤 그 잡지에서 본격적으로 홈레코딩이 소개되었다. 간단히 말하자면 전문 장비들로 가득한 스튜디오에서나 가능하던 전문 앨범 레코딩 작업이 개인용 컴퓨터로도 가능하게 된다는 것이었다. 1999년도에 발표해 센세이션을 일으켰던 명반 롤러코스터 1집도 홈레코딩으로 작업했다는 사실이 알려지면서 화제가 되기도 했다. 그로부터 몇 년 사이 음악을 만드는 일은 엄청난 물적, 인적 자원을 가진 사람들만의 특권이 아니라, 어느 누구라도 도전하고 즐길 수 있는 일이 되었다. 그러면서 '개인 음악 작업실'이라는 것도 전만큼 희소하고 특별한 것이 아니게 되었다. 요 근래에는 음악 만드는 사람이나 유튜브 같은 개인 작업을 하는 사람들이 많아지면서 아예 한 공간 안에 여러 칸의 방음 공사를 한 스튜디오 렌털 형태 작업실이 폭발적으로 많이 생기기도 했다.

나도 밴드를 시작할 때부터 작업실이 간절히 갖고 싶었고 필요했다. 좁더라도 TV나 잡지에서 본 방음 소재로 둘러싸인 나만의 공간에서, 가족들 눈치 안 보고 큰 볼륨으로 스피커 사운드를 들으면서 작업하고 생활 소음 걱정 없이 마이크로 녹음하는 내 모습. 그것이 바로 나의 꿈이자 목표 같은 느낌이었다.

이제 막 공연을 시작해서 실상 음악으로 그리 돈벌이가 안 됐던 시기, 홍대 연남동 근처 지하에 월세 30만 원짜리 정말 작은 나의 첫 작업실을 얻었다. 인터넷으로 찾은 이 공간은 녹음실로 운영되던 곳을 뮤지션 두 분이 인수해 작업실로 쓰고 있는 곳이었다. 두 분이 원래 작업실이나 스튜디오 공간으로 만들어졌던 넓은 룸을 쓰시고 남는 공간을 내놓은 거였다. 내가 얻은 곳은 가수가 들어가서 녹음하던 녹음 부스였다. 규모가 큰 녹음실을 제외하고 보통 보컬 녹음만 하는 스튜디오는 녹음 부스가 매우 작다. 여기가 딱 그런 곳이라 책상과 의자를 하나 두고, 뒤쪽에 기타를 좀 세워놓으면 여유 공간이 거의 없을 정도로 좁았다. 하지만 그런 게 정말 하나도 신경 쓰이지 않을 만큼 진심으로 좋았다. 다른 걸 떠나서 그토록 꿈꾸던 녹음실이 눈앞에 실재하고, 이 공간에 마음대로 드나들 수 있다는 것만으로도 신기하고 행복했다. 이제 와서 보면 본래 녹음실이었던 터라 완벽히 녹음실 공사가 되어 있었던 것이지 웬만한 개인 작업실은 그렇게까지 방음, 흡음 공사를 하지 않는다. 어쨌든 스튜디오같이 생긴 그 외관은 나의 로망과 가장 비슷했던 공간이었다. 소란 초기에 공연하러 다니며 새 노래들을 만들고 데모 레코딩도 하면서 열심히 작업실을 누렸다. 첫 미니앨범의 곡들과 1집에 들어간 몇몇 곡들을 여기서 스케치했다. 비좁아서 오래 있으면 숨쉬기가 답답하고 머리도 아파왔지만 어리고 잔뜩 신이 난 나에게는 전혀 문제가 되지 않았다. 다만 누군가를 불러 둘이서 작업하기에는 너무 좁았다. 심지어 의자도 하나밖에 없었다. 결국 여기에는 그렇게 오래 머무르지는 않았다.

어느 날 평소 친분이 있었던 다른 녹음실 스튜디오 사장님이 작업실에 대해 물어보시며, 괜찮은 곳이 있는데 혹시 와서 쓰겠느냐고 하셨다. 합정역 쪽에 두 칸짜리 큰 작업실을 인수하셨는데, 어차피 남는 방 하나를 내가 원래 있던 곳 월세 정도만 내면서 쓰라는 무척이나 감사한 제안이었다. 찾아가보니 역이랑 가깝고 지하도 아닌 2층에다가 창문도 있고 무엇보다 크기가 원래 있던 곳보다 4배 정도는 넓었다. 지금 생각해도 기적 같은 제안에 깊이 감사드리며 이사를 했다. 이후에도 여기만큼 장점이 큰 데를 찾기 힘들 정도로 좋은 곳이었고 지내는 동안 수많은 일들과 추억이 있었다. 첫 번째 미니앨범과 다음 싱글을 가내수공업으로 만들면서, 거의 모든 트랙과 소스를 다 여기서 녹음했다. 어릴 때 보았던 잡지에 나온 홈레코딩 테크닉과 온갖 주워들은 지식을 총동원했다. 어설프게 뛰어들었던 만큼 당연히 매일 시행착오를 겪었다. 밤새 앨범을 만들고 직접 CD 공장을 찾아가 주문했던 CD 박스도 이곳으로 배달을 받았다. 날을 새워가며 마신 빈 콜라 페트병이 잔뜩 쌓인 작업실에서 아침을 맞고, 자전거를 타고 집으로 돌아가곤 했다. 아직 친해지기 전에 처음으로 피처링을 해준 10CM 정열이의 목소리도 여기서 직접 녹음을 받았다. 그리고 처음이자 지금까지 우리가 속해 있는 레이블의 계약도 이곳에서 했다. 사실상 소란의 처음은 거의 여기서 다 만들어졌다. 기억이 정확하진 않지만 2년이 넘도록 이 작업실에서 지내다가 사장님이 그곳을 넘기시면서 나도 나오게 되었다.

　짐을 빼고 이사하던 날 마음이 심히 허전하고 묘했다. 짐을 다 꺼내고 텅 빈 공간을 마지막으로 바라볼 때의 기분이 잊히지 않는다. 그렇게 꿈꿔왔던 공간에서 열심히 음악을 만들어 앨범을 내고 계약도 했다. 마치 어릴 때 꾸었던 꿈속에 들어와 있는 것 같았다. 그냥 꿈만 꾸던 시절에는 그 속의 내 모습이 어떨지 두렵고 궁금했는데, 이사를 하며 꿈에서 잠시 빠져나오는 순간에 그래도 좀 기특하고 대견하다고 느꼈던 듯하다. 다시 생각해도 그 공간이 참 많이 고맙다.

그 뒤로도 몇몇 공간들을 거쳐 지금도 작업실을 사용하고 있다. 나는 여전히 치열하게 꿈속에 머물고 있다.

인디밴드를 시작하는 방법은 간단하다. 파트별로 멤버를 모으고, 곡을 만들고, 연습을 한 다음 홍대의 라이브클럽에 오디션을 신청한다. 간단히 합주 영상 정도로 접수할 수 있다. 보통 오디션은 평일 공연과 겸하기 때문에 사실상 즉시 데뷔. 물론 실력이나 다른 부분들이 해당 클럽에 어울리지 않는다면 다음 공연에 섭외가 되지는 않는다. 그러나 비록 평일일지언정 그 수많은 당대의 밴드들이 거쳐간 라이브클럽 무대에 선 '인디밴드'가 되는 것이다.

군대 전역 후 학교 생활을 열심히 하다가 드디어 밴드를 하기로 마음먹었다. 존 메이어, 제이슨 므라즈 (Jason Mraz), 마이앤트메리의 음악들을 들으며 더 이상은 참을 수가 없었다. 그때 컴퓨터로 음악 작업하는 것을 배우면서 몇몇 곡을 만들어보고 있었는데 〈가을목이〉, 〈잊어야해〉, 〈돌아오는 날〉 같은 노래를 이 무렵 만들었다. 그중에 〈가을목이〉, 〈잊어야해〉 두 곡을 어설픈 실력으로나마 음원으로 만들어 멤버를 찾을 목적으로 사람들에게 돌렸다. 내 인생 첫 번째 데모 음원이었다. 다행히 뜻이 있는 곳에 길이 있다고 너무나 감사한 주변 뮤지션들과 지인들의 도움으로 한 명씩 한 명씩 멤버를 모을 수 있었다.

당시 나는 원래도 친분이 있었던 몽니라는 밴드의 객원 키보드로 가끔씩 공연을 함께했는데 밴드를 시작하려 할 때 큰 도움을 받았다. 보컬 신의 형은 너도 꼭 밴드를 해야 한다고 응원해주면서 친구인 노용진이라는 드러머를 소개해주었다. 수많은 뮤지션들과 작업, 공연을 하는 베테랑 세션 드러머였던 용진이 형은 다행히 내 노래를 듣고 마음에 들어 하며 본인 작업실에서 드럼을 입혀 녹음해주기도 하고 자신의 곡을 들려주기도 했다. 그러다 용진이 형이 전훈이라는 기타리스트를 소개해주었다. 나이는 나보다 2살 어리지만 용진이 형과 마찬가지로 경험 많고 연주를 정말 잘하는 노련한 실력자였다. 우선 이렇게 셋이 팀을 만들어보기로 하고 공연을 위해 악퉁이라는 밴드에서 활약하던 안병철 베이시스트까지 객원으로 함께하며 소란의 프로토타입, 놀랍게도 나만 빼고 이제 모두 다른 멤버로 바뀐 소란이 결성되었다(기억이 잘 안 나는데 이때까지는 팀 이름이 공식적으로 없었던 것 같다). 그렇게 한두 개의 행사 같은 공연을 해보고 곡을 더 쓰면서 기타 훈이가 정식 베이시스트로 합류할 사람을 찾다가 드디어 서면호를 소개해주었다. 연주는 물론 대단히 훌륭했고, 지금도 말이 없는 사람이지만 그때도 매우 과묵한 느낌이었다. 긴 머리, 히피 같은 패션을 하고 있어서 내 눈에는 '홍대 인디 밴드 그 자체'의 모습으로 느껴지기도 했다. 이런 사람과 알고 지내는 것도 모자라 같이 팀을 꾸리다니 '나 이제 진짜 인디신의 사람이 되는 건가?' 하는 생각이 들 정도였다. 드럼에 노용진, 기타 전훈, 베이스 서면호, 보컬 고영배로 전열을 갖춘 우리는 드디어 홍대 클럽들에서 소란이라는 이름으로 공연을 올렸다. (소란은 '소란스럽다'에서 따온 말로 내가 지었다. 사실 우리 음악이나 성향은 그다지 시끌벅적하지 않은데, 이렇게 사람들의 예상을 깨는 게 재미있을 것 같았고 어감도 좋았다. 비슷한 느낌으로 〈가을목이〉라는 도통 의미를 알 수 없는 제목을 가진 곡이 있다. 제목을 뜯어봐도, 그렇다고 노래를 들어봐도 도대체 무슨 뜻인지 짐작이 불가능해 많이들 궁금해했다. 당연하다. 작업하고 저장하려다 모기를 보고 '가을목이'라 대충 저장한 파일명을 그냥 제목으로 쓴 것이다. 이런 반전이랄까, 예상을 뒤엎는 일이 즐겁다.)

아주 작은 클럽들에서 평일에 공연하다보면 보통 다음 팀이 구경을 한다. 이 사실을 몰랐던 우리는 다음 팀이 관객인 줄 알고 저 네 명을 사로잡자며 파이팅 있게 30분 동안 공연을 했다. 그분들이 박수를 치며 무대에 올라서 다음 공연을 시작할 때 깜짝 놀랐지만 우리도 집에 안 가고 열심히 응원해줄 수밖에 없었다. 그렇게 관객도 없는 평일 무대를 전전하는 공연이 내게는 하나하나 새롭고 설레는 도전이었지만, 이미 프로페셔널 뮤지션이었던 용진이 형에게는 초조한 인내의 시간이었을 것이다. 또한 형이 만드는 곡과 내가 만드는 곡의 방향에도 다소 차이가 있었다. 그럼에도 불구하고 묵묵하게 열심히 함께해주시던 형은 어느 날 여기까지인 것 같다며 팀을 떠났다. 정말 배려 있게 잘 마무리해주셨고, 자신이 떠난 팀은 대박이 나는 징크스가 있다며 센스 있는 인사도 남겨주셨다. 인맥이 많은 훈이가 다시 한번 나서서 드러머를 구했다. 연주를 제일 잘하는 사람들이 간다는 국방부 군악대에 복무 중인 자기 친구가 곧 전역한다며 한번 만나보겠느냐고 했다. 그 친구가 바로 편유일이었다. 미리 우리 곡 몇 개를 보내준 뒤 전역이 얼마 안 남은 휴가 때 합주실에서 처음 만났다. 실제로 군인 신분이기도 했지만 짧은 머리에 단정한 복장, 부리부리한 눈빛, 깍듯한 성격이 누가 봐도 군인 같은 첫인상이었다. 가장 신기했던 일은 용진이 형이 연주하던 〈가을목이〉를 듣다가 유일이가 처음 드럼을 치는 순간 엄청나게 딱 부러지는 연주 때문에 행진곡처럼 느껴졌던 것이다. 아마도 그때의 느낌이 지금

〈가을목이〉를 부를 때 점프를 하게 되는 데까지 연결되는 것 같기도 하다. 얼마 후 유일이가 전역하고 전훈, 서면호, 편유일, 고영배 이렇게 넷이서 활동을 계속했다.

　　조금씩 이름이 알려지고, 소수이지만 우리 공연을 보러 찾아와주시는 분들도 생겨나기 시작했다. 다른 팀들과 친분이 생겨 조인트 공연도 하고 직접 홍보를 하기도 했다. 클럽에서는 출연하는 팀 중에서 공연도 좀 하고 찾아오는 팬들도 어느 정도 생긴다 싶으면 주말 공연에 섭외한다. 평일 공연에서 주말 공연으로 넘어가고, 주말 공연을 하다보면 기획사나 페스티벌 등 외부의 다른 기회가 생기기도 하는 게 인디밴드의 기본적인 성장 방식이었다. 그 무렵부터 주말 공연도 한 번씩 했다. 이때도 몽니의 멤버들이 많은 도움을 주었다. 공연이 없을 때 같이 조인트 공연을 해주기도 하고, 우리 멤버들이 시간이 안 맞으면 기타 태우나 드럼 훈태가 흔쾌히 연주를 도와주기도 했다. 하지만 여전히 갈 길이 먼 신인 밴드였기에 아무리 열정적으로 임해도 공연 한 번에 5만 원, 10만 원, 정말 많은 날은 20만 원 버는 게 전부인 시절이었다. 다른 일들과 일정이 많이 겹치면서도 잘 조절해오던 기타 훈이가 계속되는 외부 섭외(워낙에 연주를 잘해서 이승환 형님을 비롯한 당대 아티스트들의 러브콜이 많았다)로 고민하다 멤버들과 상의 끝에 팀을 떠나게 되었다. 사실 면호와 유일이 둘 다 훈이가 데려왔을 정도로 멤버도 거의 직접 구성했고, 합주나 사운드적으로도 잡아가는 게 무척이나 많았기 때문에 훈이가 떠날 때 팀이 휘청했다. 첫 앨범도 작업하던 시기였는데 앞으로 어떻게 해야 할지 막막했다. 앨범 녹음까지 훈이가 열심히 참여해주었고, 결국 첫 앨범은 기타리스트 없는 3인조로 발표했다. 우리도 그런 기억을 굳이 안 하고 팬분들도 잘 모르시는데, 첫 앨범을 데뷔로 친다면 소란은 3인조로 데뷔한 것이다.

그렇게 첫 앨범을 다 만들고 아는 형에게 부탁해서 사진도 찍고 하면서 앨범 발매 기념 첫 단독 공연을 준비했다. 당장 공연을 위해서 기타리스트가 필요하던 차, 면호가 자기가 예전에 같이 녹음 작업을 했던 동생이 있는데 연주 실력이 뛰어나다며 한번 물어보겠다고 했다. 이야기가 잘되어 공연을 도와주기로 하고 만나게 된 것이 바로 이태욱이었다. 나보다 6살이나 어린 마르고 앳된 동생이 기타를 살벌하게 쳤다. 살짝 봐도 압도적인 재능을 느낄 수 있었다. 이야기를 나눠보니 많은 곳에서 연주하는 세션 연주자가 꿈이라는데, 일단 공연을 무사히 끝내고 기회가 되면 멤버로 합류시킬 생각으로 처음부터 잘해줬다.

그렇게 서면호, 편유일, 이태욱, 고영배 네 명의 멤버로 첫 번째 단독 공연을 치르면서 지금의 소란이 시작되었다. 이때가 2010년이었다는 게 믿기지 않는다.

좋은 음악은

결국 알아본다 (1)

인디밴드, 인디펜던트 뮤지션을 분류하는 건 언제나 까다로운 일이다. 진짜 문자 그대로 자본으로부터 완전히 '독립'된 뮤지션이라 정의하자면, 회사 자본으로 앨범을 만드는 지금의 소란은 인디밴드라고 할 수 없을 것이다. 하지만 자본을 떠나 작품에 대한 개입 없이 뮤지션이 독립적으로 작업한다는 점에서 인디라고 구분해주시기도 한다. 나는 솔직히 잘 모르겠다.

이런 구분에 따르자면, 우리의 첫 번째 미니앨범과 두 번째 싱글까지가 말 그대로 인디였다. 독립된 수준이 아니라 무인도에 고립되어 아무것도 모르는 개인이 앨범 발매를 위해 육지로 발을 내딛는 과정에 가까웠다. 앨범을 내고 싶은데 아는 건 없고 정말이지 하루하루가 도전의 연속이었다. 이때부터 내 작업실은 창작을 위한 공간이자 녹음실, 믹스 스튜디오, 사무실 겸 창고로 활약했고 나는 앨범 제작자인 동시에 프로듀서, 엔지니어, 담당 직원이 되었다.

　곡들은 어느 정도 모여 있었다. 공연을 계속했기 때문에 공연 때 늘 부르는 곡은 편곡도 얼마간 되어 있었다. 문제는 제작이었다. 녹음실 비용, 믹스와 마스터링 비용, 그리고 CD로 찍어내는 비용…. 사실 이런 비용이 필요하다는 것만 어렴풋이 알았지 대략 얼마나 드는지, 어디에 문의해야 하는지도 몰랐다. 그야말로 맨땅에 헤딩하듯이 여기저기 아는 사람들을 통해 물어보고 검색해보면서 모은 정보의 결과는 충격적이었다. 녹음실에서 녹음하려면 아무리 저렴한 곳이어도 3~4시간 기준으로 20만 원 이상, 프로 엔지니어에게 믹스를 맡기려면 한 곡에(정말 싸게 해도) 50만 원 이상, 마스터링도 한 곡에 5만~10만 원, CD 프레싱은 찍어내는 개수에 따라 다르지만 100만 원 가까이 생각해야 할 것 같았다. 그때 내가 모아놓았던 돈이 고작 백몇십만 원인데 이건 도무지 말이 안 되는 규모였다. 엄마는 내가 밴드를 하겠다고 나서는 걸 의심의 눈으로 바라보고 계셨던지라 차마 도움을 요청할 수는 없었다. 멤버들에게도 손을 벌릴 수 없었다. 본인들은 그렇게 생각하지 않았을 수도 있지만, 그때 나는 항상 부채의식이 있었다. 나와 이 음악을 믿고 내어준 그들의 청춘의 시간을 빌려 쓰고 있는 느낌. 주어진 시간 안에 반드시 결과를 만들어내서 증명하고 갚아줘야 할 것 같은 마음이었기에 제작비를 보태라는 말을 할 수가 없었다.

고민 끝에 풀 가내수공업을 결심했다. '내 작업실 안에서 가능한 자원으로 모두 끝낸다.' 지금 돌아보면 무식해서 용감하다는 말이 딱이지만, 나의 마음은 진정 비장했다. 인터넷으로 배울 수 있는 레코딩 기술 글을 열심히 읽고 준비하며 녹음도 시작했다.

그렇지만 밴드 음악 앨범의 가장 어렵고 큰 산이 바로 드럼 녹음이다. 이건 실은 녹음실을 가지 않고는 할 수 없는 영역의 것이었다. 만약 녹음실을 포기한다면 가상 악기를 이용해서 조금은 인위적인 연주와 사운드로 가는 수밖에 없었다. 어찌해야 하나 근심만 깊어지던 차 메마른 가뭄에 내리는 단비처럼, 나에게 작업실을 내어주셨던 녹음실 사장님이 또 한 번 은인이 되어주셨다. 어느 날 내 고민을 들은 사장님은 스튜디오에 드럼 레코딩 하는 날 그 뒤로 스케줄이 없으면 세팅 치우기 전에 와서 녹음을 하라고 하셨다. 그것도 공짜로. 얼마나 감사하고 기뻤는지…. 하지만 녹음 날짜를 약속하고 고민에 잠겼다. 나도 유일이도 스튜디오 녹음 경험이 전무한 데다 공짜로 녹음하면서 시간까지 길게 쓰는 건 너무 민폐였다. 결국 1시간에 한 곡씩 딱 세 곡을 목표로 하고 〈잊어야해〉, 〈그때는 왜 몰랐을까〉, 〈이렇게 행복해〉를 받아오기로 결정했다. 사실은 〈가을목이〉를 했어야 하는데 노트가 많은 곡이다보니 녹음 시간이 오래 걸릴 것 같았고 사운드를 잘 만질 자신도 없었다. 그 곡은 나중에 공연 영상을 보면서 내가 일일이 마우스로 똑같이 입력해 가상 악기로 해결했다.

    드디어 드럼 녹음을 하는 날, 이렇게 큰 스튜디오

에서 우리 앨범을 녹음한다니 심장이 뛰고 벅차올랐다. 어릴 때 꿈꾸던 그런 뮤지션이 된 것만 같았다. 그러나 시간이 없었다. 재빨리 세팅하고 세 곡을 정말 서둘러서 녹음했다. 연주자 입장에서 시간에 쫓기며 연주한다는 건 너무 어려운 일이지만, 형편상 미리 준비도 해왔고 우리 나름대로 촉박한 시간 안에 만족할 만큼 연주한 후 데이터를 받아 돌아왔다. 소란의 첫 스튜디오 레코딩. 나중에 알아보니 우리 앞에 했다던 녹음은 재즈 드러머의 녹음이었다. 시간도 없고 정신도 없던 우리는 그 세팅을 거의 만지지도 못한 채 그대로 녹음했다. 록 연주인데 재즈에 맞게 튠된 드럼 사운드가 소란 첫 미니앨범의 특징 중 하나다.

베이스 레코딩은 욕심을 내지 않는다면 심플하게 할 수 있다. 면호도 상황에 맞게 절충해가며 큰 문제 없이 작업실에서 진행했다.

그런데 이와 달리 기타는 욕심의 범위가 굉장히 넓다. 아예 컴퓨터 안의 플러그인만으로도 사운드를 만들 수 있고, 외장 앰프 시뮬레이터를 이용할 수도 있다. 그렇다 해도 두 가지 모두 실제 앰프 소리 녹음을 흉내 낸 거니 최고는 앰프에 마이킹을 해서 녹음하는 것이다(사실 요즘은 시뮬레이터의 성능이 워낙 좋아서 어설프게 마이킹하는 것보다 결과물이 더 좋다. 앰프 마이킹은 많이 줄어드는 추세다). 나는 이게 하고 싶었다. 어릴 적 보던 잡지에 늘 나왔던 것이 기타 앰프에 마이크를 대고(마이크는 늘 슈어의 SM-57이 등장한다), 담요를 뒤집어씌워 소음을 차단하거나 불필요한 울림을 줄여 데드한 소리를 얻는 홈레코딩 테크닉이었다. 교회에서 낑낑거리며 앰프를 빌려 오고 담요도 야무지게 챙겨 잡지에서 봤던 그림을 똑같이 만들었다. 소리가 녹음될 때 무척 뿌듯했다. 그러나 내가 할 줄 아는 건 딱 거기까지였다. 왜 마이크를 그 스폿에 대야 하는지 정확한 이유도, 바닥의 공진이나 노이즈를 해결하는 방법도 몰랐다. 그냥 시뮬레이터를 사용해서 녹음하는 게 어쩌면 더 깔끔할 수도 있었겠지만, 기타를 연주한 훈이나 한 곡에 참여해준 몽니의 태우는 속으로 이게 맞나 싶었을 텐데도 이 낭만에 치우친 작업을 즐겨주었다.

〈이렇게 행복해〉에는 첼로가 넣고 싶었다. 드디어 나의 클래식 전공이 첼로가 연주할 라인을 오선지로 그리는 데 사용되었다. 친한 후배가 작업실에 와서 녹음 끝나고 밥 사주면 그걸로 된다며 녹음을 해주었다. 수천만 원짜리 첼로인데 협소한 작업실에서 저렴한 마이크와 인터페이스로 녹음을 받는 게 미안했다. 후배는 오히려 너무 재밌는 경험이라고 다음에도 꼭 하고 싶다며 즐겁게 녹음을 마쳤다. 그러고는 함께 밥을 먹으러 갔는데 주문한 볶음밥에 고수가 들어 있어서 나는 먹을 수가 없었다. 또 미안했다.

고등학교 때 함께 밴드부를 했던 당시 세렝게티라는 팀에 있던 수완이도 어쿠스틱 기타를 한 곡 연주해주었다. 상황을 미리 들은 수완이는 세션 일을 많이 하는 베테랑답게 직접 자기가 쓸 마이크와 헤드폰까지 가지고 왔다(당연히 내 것보다 좋은 것들이었다). 그리고 경험이 없는 나에게 녹음의 신세계를 보여주었다. 알아서 트랙별로 정리해가면서 셀프 디렉팅을 겸하는 완벽한 연주였다. 솔직히 말하면 내가 생각한 것과 다른 방향으로 녹음되었는데 그게 한 차원 위의 것이라서 아무 말 못 하고 구경만 했다.

　재미있는 비화 하나. 금방 녹음을 끝낸 수완이가 "근처에 우리 회사 녹음실이 있는데, 이따 거기로 가야 하니 구경이나 해볼래?"라고 제안했다. 수완이는 회사 구경도 시켜주고, 앞으로 서로 자주 볼 사람들 아니겠 냐며 거기 있던 엔지니어분들, 뮤지션분들과 인사를 시 켜주었다. 거기가 바로 해피로봇의 녹음실이었고 나중 에 실제로 그 회사와 계약해 자주 보게 되었다.

　그 시기 사람들에게 한창 알려지기 시작한 10CM 의 정열이도 한 곡에 피처링을 해주었다. 그 전에 몇 번 보면서 친해질 듯 말 듯한 무렵이었는데 흔쾌히 찾아와 서 "작업실 좋네~", "노래 좋네~" 몇 마디 하더니 순식 간에 노래를 녹음해버렸다. 이 정도면 되지 않겠냐면서 빨리 정리하고 커피 마시러 가자고 했다. 그리고 작업 실 바로 아래 있던 카페에서 거의 하루 종일 떠들었다. 떠들다가 딴 데 가서 밥 먹고 또 커피를 마시러 갔던 것 같다. 이렇게 수다쟁이일 줄은 전혀 몰랐다. 작업실에 혼자 돌아와서 정열이가 녹음한 걸 들어본 후 먼저 녹음했던 내 부분의 보컬을 다 지우고 새로 불렀다. 너무 비교가 될 정도로 잘 불러서 다시 할 수밖에 없었다.

정열이는 이후로도 공연 게스트든 홍보 영상이든 피처링이든, 사소하고 번거로운 어떤 일이라도 도와주었다. 한 번도 거절하거나 망설인 적이 없다. 10년도 넘게 지난 지금도 마찬가지다.

좋은 음악은

결국 알아본다 (2)

　　드럼 세 곡을 제외한 나머지 모든 파트의 녹음을 합정동 작업실에서 끝마쳤다. 녹음이 끝나면 악기와 사운드가 잘 어우러지도록 믹스를 해야 한다. 트랙을 전부 펼쳐서 정리하고 사운드를 만지는 아주 전문적이고 까다로운 일이기 때문에 음반을 만드는 과정에서 대단히 중요하고 어려운 파트다. 그렇기에 작업 비용도 비싸다. 여기저기 알아보고 물어보다가 결국은 내가 손수 하기로 마음먹었다. 지금 시점에서 보면 결코 해서는 안 되는 일이었다. 녹음까진 주워들은 지식으로 겨우겨우 했지만 믹스만큼은 정말 되지도 않는 소리였다. 뭘 아예 모르니까 직접 해본다는 생각을 했지 좀 더 메커니즘을 알았더라면 시도도 못 했을 것이다. 말 그대로 아무것도 모르고 그냥 했다.

우선 장비부터 말이 안 됐다. 그때 가지고 있던 야마하 스피커 HS-50M이라는 제품은 한 30만~40만 원 정도 주고 샀던 것 같다. 물론 가격대에 비해서 개인이 집에 두고 작업하기엔 참 좋은 스피커지만 전문적인 믹스용으로는 성능이 많이 모자랐다. 스튜디오에서 쓰는 스피커는 아무리 싸도 수백만 원에, 수천만 원이 넘는 것도 허다하기 때문이다. 그뿐 아니라 컴퓨터의 사운드 카드 역할을 하는 오디오 인터페이스도 입문용에 불과했고, 믹스 때 필요한 플러그인 소프트웨어 역시 기본적인 몇 가지밖에 없었다. 물론 이 정도의 장비로도 엄청난 사운드를 만들어내는 고수들이 존재한다. 그런 분들은 전문적인 환경에서의 믹싱은 물론 다양한 경험으로 쌓은 지식과 노하우로 어디에서든 사운드를 만들어낼 수 있는 실력자인 반면 나는 전혀 그렇지 못했다. 인터넷 여기저기에 흩뿌려진 전설 같은 믹싱 지식과 테크

닉, 주변에서 주워들은 이렇게 한다더라 같은 것들이 내가 아는 전부였다. 그때만 해도 본격적인 유튜브 시대가 오기 전이라 지금처럼 강의 동영상 같은 걸 찾기도 어려웠다. 놀랍게도 그 상태에서 귀만 믿고 소리가 마음에 들게 날 때까지 계속해서 만졌다. 정말 이래도 되나 싶을 정도로 계속 계속 만졌다. 낯선 곳에서 일행과 떨어져 길을 잃었을 때, 길도 모르면서 계속 아무 데나 가보는 것보다 제자리에 있는 편이 낫듯이 차라리 안 만지는 게 나았다. 알지도 못하면서 이렇지 않을까 저렇지 않을까 하며 자꾸 만지니까 점점 돌이킬 수 없는 곳으로 가는 느낌이었다.

며칠 밤을 내내 콜라만 벌컥벌컥 마시며, 만지던 것들을 모조리 지우고 다시 처음부터 해보기도 하고, 주변에 들려주기도 하며 겨우겨우 '좀 괜찮은가…?' 싶은 수준까지 만들었을 때쯤 또 한 번 기회가 찾아왔다. 드럼을 녹음해준 스튜디오에 갈 일이 있었는데, 온 김에 작업한 결과를 스튜디오 스피커로 들어보라는 것이었다. 그 스튜디오의 컴퓨터, 인터페이스, 스피커 가격을 합치면 모르긴 해도 억 단위를 잡아야 할 정도로 좋은 장비가 있는 곳이었다. 작업이 어느 정도 진행된 몇 곡을 USB에 담아 스튜디오로 향했다. 사실 그때 온 정성을 쏟아 열심히 사운드를 만졌기 때문에, 좋은 환경에서 노력의 결과물을 들어볼 수 있다는 사실에 내심 뿌듯해하고 있었다. 엔지니어분들이 정말 이걸 직접 했느냐며 너무 좋다고 깜짝 놀라는 상황까지 살짝 시뮬레이션했다. 스튜디오 의자에 앉아 내 스피커보다 몇 배는 커다란 스피커 앞에서 볼륨을 충분히 올린 후 설레는 마음으로 음악을 재생했다.

그러나 단 몇 초도 듣지 못하고 곧바로 정지 버튼을 눌러야 했다. 나와 그곳의 엔지니어분들 모두 귀를 막거나 인상을 쓰고 있었다. 초음파처럼 아주 높은 고주파수 대역의 소리가 미친 듯이 쏟아져나오는 탓에 귀가 따가워 도저히 들을 수가 없었다. 엔지니어분들의 도움으로 그 자리에서 고주파수 대역을 깎아낸 후에 겨우 들어보았다. 모든 게 내가 작업하던 것과 달랐다. 미흡한 장비 환경과 지식 부족이 완벽한 컬래버레이션을 이루었다. 내가 얻어들은 지식들 중 제일 흔한 게 바로 녹음된 소리의 저주파수 대역은 줄이고 잘 들리도록 고음역대를 올린다는 것이었다. 내 스피커는 초고역이 잘 재생되지 않았다. 그래서 정말 살짝만 올렸어야 하는 것도 내 귀에 고음이 올라간 게 들릴 때까지 과감하게 올려버렸다. 이 만행을 거의 대부분 트랙에 저질렀다. 모든 주파수가 선명히 재생되는 곳에서 들으니 그것들이 쌓여 말도 안 되는 고주파수가 귀를 찌를 듯이 터져 나온 것이었다. 처참했다. 한껏 부푼 마음으로 상상했던 엔지니어분들의 놀람과 칭찬 대신 오히려 그래도 힘내라는 위로를 받았다.

작업실로 돌아와서 내가 잘못 만져놓은 것들을 지우고 처음부터 다시 작업했다. 솔직히 실망스럽고 힘들기도 했지만, 내가 아무것도 모른다는 냉정한 현실을 바로 자각하게 된 중요한 순간이었다. 혹시 믹스가 생각보다 쉬운 건 아닐까, 나 숨겨진 믹스 천재 아니었을까 하는 무지와 판타지는 깔끔하게 사라졌고, 그렇게 모르는 건 모르는 대로 조금씩 만들어나갔다. 작업실에서 홀로 밤새 믹스를 하다가 해가 뜰 때쯤 자전거 타고 이어폰으로 작업하던 곡을 들으며 집에 가는 날들이 계속되었다. 결과적으로 믹스를 직접 마무리해서 따로 비용은 들지 않았다. 그리고 스피커를 비롯해 모니터링에 투자하는 건 음악을 만드는 데 도움이 된다는 뼈저린 교훈을 얻었다. 지금도 후배나 누군가가 스피커를 사려는데 고민이 된다고 물어오면, 한번 살 때 가능한 한 제일 좋은 걸 사라고 추천한다.

믹스가 끝나면 마스터링을 한다. 잘 섞어놓은 음악 전체의 밸런스와 볼륨을 맞추고 한 앨범 안에서의 밸런스를 잡는 중요한 마무리 작업이다. 믹스는 주워들은 것이라도 있었지만, 마스터링에 대해서는 아는 게 전무했다. 결국 물어물어 상업 마스터링 스튜디오에 가서 작업하게 되었다(국내에서 마스터링을 하는 메이저 스튜디오는 손에 꼽는다).

예약을 하고 찾아가던 날 잔뜩 긴장하고 위축되어 면호랑 같이 갔다. 이가 아픈 지 오래됐는데 미루고 미루다 치과에 찾아가는 마음이랑 비슷한 느낌이 들었다. 왠지 혼날 것만 같은 심정이었다. 드디어 마스터링 스튜디오에서 뵙게 된 엔지니어 감독님은 믹스본을 듣자마자 초보자의 만행을 눈치채셨지만 무척 감사하게도 좋은 점과 아쉬운 점에 대해 많은 피드백을 해주셨고 이런 작업이 즐겁다며 편안히 이끌어주셨다. 그러나 도 저히 마스터링 선에서 커버가 불가능한 실수가 몇 가지 있었다. 감독님은 예약을 다시 잡아주시며 몇 가지를 수정해 오고, 그래도 어려우면 여기서 직접 같이 만질 수 있도록 준비해서 가져오라고 해주셨다. 그때는 몰랐 지만 이제 와 돌아보면 애송이를 향한 베테랑의 충격적 으로 큰 아량이자 배포였다. 그렇게 다시 찾아가서(두 번째 갈 때는 친절하시다는 걸 알았기 때문에 안 떨려서 혼자 갔다) 감사한 마음으로 마스터링을 마치고, 케이스 안에 멋지게 포장된 마스터 CD가 담긴 쇼핑백을 받았다. 현 실감이 약간 사라질 정도로 벅찬 순간이었다. 쇼핑백이 최대한 구겨지지 않게 그대로 들고 CD 프레싱 업체로 찾아가서 인쇄를 맡겼다. 이제 앨범이 나온다. 내가 앨 범을 낸 가수라니. 소란의 앨범이 나온다니!!

　하지만 그 사이에도 많은 일을 해야 했다. 유통 업 체에 찾아가서 유통 계약을 하고, CD 재킷 디자인과 가 사지 작업을 하고, 앨범 소개글도 셀프로 썼다. 사진 찍는 친구와 형들에게 부탁해서 사진이랑 영상도 좀 촬영하기로 했다.

또한 우리 음악이 방송에 나오게 하려면 심의 신청을 해야 하는데, 이걸 위해 각 방송국마다 직접 찾아가야 한다는 사실을 알게 되었다. (신청 방법도 방송사마다다르다. 엄청나게 번거로운 일이고, 기획사에서는 매니저들이 항상 하는 일이기도 하다. 요즘에는 직접 제작하는 그때의나 같은 사람들을 위해서 유통이나 심의 과정을 대행해주는업체도 있다.) 실수로 자료를 잘못 챙겨와 다시 찾아가기도 하면서 심의 접수도 무사히 끝마쳤다. 우리 노래가방송에 나올지도 모르는 가능성이 생긴다니 하나도 귀찮지 않았다.

발매 기념 단독 공연을 하기 위해서 대관을 하며,내 작업실이 점점 사무실처럼 되어가고 있을 때쯤 박스에 담긴 CD가 배달되었다. 도와준 지인들에게 맛있는거 사준 등등의 비용을 제외하고 제작비 마스터링과CD 프레싱에 들어간 비용은 합해서 총 백몇십 만 원 정도. 이렇게 제작된 소란의 첫 앨범 '그때는 왜 몰랐을까'. 뻔뻔하게도 스스로 적은 앨범 소개글에는 간절한 마음을 담아 이렇게 썼다.

'좋은 음악은 결국 알아본다.'

소란이 시작된 첫 콘서트

첫 앨범 발매를 기념하는 첫 번째 콘서트, 소란의 시작점으로는 롤링홀이 딱이었다. 더 작은 곳에서 하자니 아쉽고, 더 큰 곳은 채울 자신이 없었다. 전화를 걸어서 날짜를 잡고 대관 계약을 했다. 그리고 티케팅 방법을 정했다. 이때까지 우리가 했던 거의 모든 공연은 워낙 작은 홍대 앞 라이브클럽에서 열렸기 때문에 굳이 예매하지 않아도 현장 입구에서 티켓을 사서 들어오면 됐다. 그런데 정작 내가 보러 가는 공연들, 내 기준 어느정도 규모가 있는 공연들은 모두 예스24나 인터파크 같은 예매 사이트를 통해 예매하는 방식이었다. 처음으로 여는 단독 콘서트인 만큼 좀 있어 보이고 싶었던 나는 티켓 예매 사이트를 통하는 게 더 그럴싸한 콘서트처럼 보일 것 같다는 생각에 사로잡혔다. 찾아오는 분들이 공연장 앞에서 평소처럼 그냥 줄을 서서 티켓을 사면 그동안 해왔던 클럽 공연과 다르지 않게 느낄 것 같다고 생각했다. 남부럽지 않게 예매 사이트에서 예매해, 정식 종이 티켓으로 입장하고 나중에 소장도 하게 만들고 싶었다.

'티켓 예매 사이트에서는 예매할 수 있는 온라인 플랫폼과 리소스를 제공하고, 공연 주최사는 티켓 판매 금액의 일부를 예매 사이트에 지불한다'는 대강의 기본 원리도 제대로 모른 채 사이트에 나와 있는 번호로 무작정 전화를 걸었다. 상황을 설명한 후 이 사이트에서 티켓을 예매할 수 있게 하려면 어떻게 해야 하는지 물어보았다. 전화를 받은 담당 직원분의 목소리에서 당황스러움이 느껴졌다. 나중에 들어보니 거의 대부분 기획사의 공연 담당자들과 통화하는 분이었고, 이렇게 개인이 아무것도 모른 채 전화하는 경우는 없었다고 한다 (이 일로 인연이 되어 지금도 이분과 가끔 공연장에서 마주치다 듣게 된 이야기다). 다행히 개인으로도 등록을 할 수는 있었고 수수료에 대한 이야기도 들었다. 공연 포스터나 설명 같은 자료도 보내줘야 한다고 했다. 나는 등록만 될 수 있다면 뭐든 좋다고 답했다. 이야기를 마치고 전화를 끊을 때쯤 내가 마지막 질문을 했다.

"저, 사이트에 보면 메인화면에 크게 뜬 공연들이 있잖아요. 팝업 뜨는 것도 있고…. 그런 건 어떻게 하는 건가요?"

담당 직원분은 내부적으로 회사에서 알아서 하는 일이라며 좋은 상황이 있으면 소란 공연도 노출될 수 있게끔 도와주겠다면서, 거의 나를 어르고 달래서 전화를 끊었다. 지금 생각하면 너무 뭘 몰라 답답하고 귀찮았을 텐데 참 감사한 일이었다.

이제 콘서트 포스터를 만들어야 했다. 그때 DSLR을 가지고 있는 아는 형이 있어서 촬영을 부탁드리고, 장소는 작업실 바로 옆에 있던 카페를 섭외했다. 단골이라서 손님이 없을 때 찍어도 된다는 허락을 받았다 (나중에 회사에서 정규 2집을 발표할 때는 정식으로 대관료를 지불하고 〈혹시 자리 비었나요?〉라는 곡의 라이브 영상을 거기서 또 찍기도 했다). 의상, 헤어, 메이크업, 콘셉트 그 아무것도 없이 그냥 카페 구석에서 거기 소품으로 있는 책을 들고 사진 찍어 포스터로 만들었다. 어설프고 정신없었지만 하나하나 설레는 순간들이었다. 공연장에 붙이는 용도로 포스터 인쇄도 몇 장 해서 우선 내 작업실 문에 한 장 붙여두었다. 이제 이곳은 정말이지 음악 작업실이 아니라 기획사 사무실 같았다. 심지어 그때쯤 프레싱 주문을 맡겼던 CD도 완성되어 배달을 받았다. 1,000장의 CD 박스가 작업실 한쪽 벽에 쌓였다. 발매일 직전에는 CD를 판매하는 홍대 인근 가게들에 직접 CD 박스를 가져다주었다. 보통 한 박스씩 보냈는데 거의 다 팔릴 때쯤 연락을 주겠다고 했다. CD 판매점이 거의 사라져버린 현재로서는 보기 힘든 일이다.

그 외에도 당연히 해야 할 일들이 많이 있었다. 셋리스트를 짜고 합주도 했다. 가지고 있는 오리지널 곡이 부족해 커버 곡도 몇 개 준비했다. 앨범 재킷에 쓸 사진을 찍을 때 입으려고 홍대 옷가게에서 샀던 옷을 다시 의상으로 입기로 했다. 현장에서 필요한 스태프 인원은 지인들에게 부탁했다. 어떤 의미에서 진정한 인디펜던트 콘서트가 준비되고 있었다.

공연 날. 100여 석의 자리는 정확한 건 아니지만 앞쪽의 3분의 1 이상은 그동안의 공연을 통해 우리를 알게 된 팬분들, 나머지는 거의 친구들과 학교, 교회 사람들이 가득 채웠다. 이 공연을 위해 합류한 태욱이는 리허설 가기 전 작업실에 들른 죄로 나와 함께 공연장에서 판매할 CD 박스를 나눠 들고 공연장으로 갔다. 둘 다 기타를 쳐야 하는데 리허설 때 팔이 부들부들 떨렸다. 솔직히 공연의 내용이 어땠는지는 잘 생각나지 않는다. 뭔가 대단했거나 엄청나게 좋지는 않았다. 당연히 그럴 수가 없었다. 긴장도 많이 했고 우리가 쌓은 역량의 한계가 분명했기 때문이다. 하지만 찾아와준 모든 사람들의 따뜻한 응원이 가득했고 이에 힘이 나서 열심히 공연을 마쳤다. 인생 첫 앨범을 발표하고, 그것을 기념하는 첫 번째 콘서트를 마친 것이다.

공연이 끝난 후, 찾아온 사람들 대부분이 현장에서

CD를 구입하고 사인을 받으러 길게 줄을 섰다. 사인하는 것 자체도 낯선 일이었는데 이렇게 긴 줄이라니, 심지어 지인들도 전부 줄을 서 있었다. 얼굴이 빨개질 정도로 쑥스러워하며 몇 분에게 사인해드렸을 즈음 어떤 분이 난처해하면서 CD를 내밀었다.

"이거… 부러진 거 같은데…."

구입한 CD의 비닐을 뜯고 양옆으로 처음 케이스를 열었는데 열자마자 두 동강 나버린 것이다. 얼른 교환해드리겠다며 하나를 새로 꺼내 뜯었다. 이번엔 내가 직접 CD를 열었다. 그런데 이번에도 두 동강이 났다. 다시 교환해드리고 사인을 하다보니 두 동강 나는 CD가 심심치 않게 나왔다. CD 공장에서 불량이 발생한 것이다(이건 다음 날 연락해서 전부 반품하고 다시 배송을 받았다). 전부 일일이 확인하고 교환해가며 사인을 마치고 그렇게 진짜로 공연이 끝났다.

우여곡절도 많고 아쉬운 것도 많았지만, 멤버들과 뒤풀이 회식을 하며 여기저기서 축하한다는 연락을 받을 때 무척 행복했다. 세상을 다 가진 기분이었다. 제자들과 함께 찾아와주신 작곡과 담당 교수님 문자가 기억난다.

'고생 많았고 나는 〈차라리〉 그 노래 멋지더라.'

멤버들에게 우리 선생님 멋있지 않냐고 한참을 자랑하며 첫 콘서트 날이 저물었다.

두 번째 혹은 마지막

첫 번째 콘서트를 무사히 마치고 다행히 태욱이도 괜찮은 느낌이었는지 계속 소란의 연주를 도와주었다. 나는 이렇게 된 거 두 번째 앨범 녹음도 도와달라 제안했고, 흔쾌히 승낙해주어 작업을 함께했다. 새로 만든 〈몰라〉라는 노래와 〈기다려〉라는 아주 오래전에 만들어 두었던 노래 두 곡을 싱글로 내기로 결정했다. 이번에도 물어물어 주변의 도움을 받아가며 정성껏 녹음하고 직접 믹스도 했다.

이렇게 열심인 와중에 상황은 점점 나빠져만 갔다.

첫 앨범을 내고 몇 가지 좋은 일도 있었다. 하지만 그냥 그 정도였다. 정확하게 말하자면 상황은 똑같은데 시간이 흘러가는 게 문제였다. 모든 게 잘 돌아가려면 시간이 흘러가는 속도보다 더욱 빠르게 팀이 성장해야 했다. 많은 불확실성 속에서 뭔가 해낼지도 모른다는 설득 하나로 멤버들의 시간을 빌리고 있었기 때문이다. 물론 멤버들뿐 아니라 나 자신도 초조함이 컸다. 이대로는 곤란하다는 느낌을 계속 받았다. 더 많이 알려져야 하고, 현실적으로 돈도 벌어야 하고, 그렇다보니 스스로 모든 걸 해나갈 힘이 부치기 시작했다.

이때 면호는 다른 밴드를 하나 더 했는데 분위기가 좋아 보였다. 만약 시간이 흘러서 이제 그 밴드에 집중해야겠다고 한다면 예전 기타리스트처럼 면호를 보내줘야 할지도 몰랐다. 유일이도 전역 후 곧바로 함께하는 일인데 밴드만으로는 수익이 부족해 아르바이트를 알아봐야 하나 생각 중이라고 했다. 태욱이도 임시로 붙잡아두고 있는 상태. 두 번째 앨범과 두 번째 콘서트를 준비하면서 나는 점점 지쳐갔다.

사실 첫 앨범과 첫 콘서트 준비가 맨땅에 헤딩하듯

이 훨씬 어렵고 힘들었다. 두 번째는 그래도 한 번 겪어본 것들이었지만 그게 얼마나 수고로운 일인지를 이미 알고 있기에, 그리고 조금이라도 더 잘해야 한다는 마음 때문에 쫓겼다. 그 전부터 좋은 회사, 레이블에 들어가고 싶다는 바람이 있었는데 갈수록 회사의 힘이 간절해졌다. 그때 제일 들어가고 싶었던 회사가 해피로봇(민트페이퍼)이었다. 소속 가수인 노리플라이나 데이브레이크의 음악과 공연을 정말 좋아했고, 민트페이퍼에서 하는 음악 페스티벌 GMF와 다른 콘텐츠들이 매우 끌렸기 때문이다. 오며 가며 회사 관계자분들이나 대표님과 인사를 나눈 적은 있지만 특별히 우리에게 관심 있어 보이지는 않았다.

마스터링을 맡기러 가는 날 아침까지 밤을 꼬박 새워 믹스를 했다. 작업실을 찾은 유일이도 차마 집에 가지 못하고, 나는 책상에서 유일이는 소파에서 꾸벅꾸벅 졸다가 날이 밝았다. 시간이 있었더라면 더 잘 만들었을 것 같은 미련이 많이 남았다. 실력이 두드러지게 늘고 경험이 쌓이고 이런 것을 떠나서 그냥 무난히 마무리 짓는 데 그친 느낌이 드는 게 아쉬웠다. 특별해지려면 어떻게 해야 할까. 그러나 시간이 없었다. 발매와 공연을 위해 준비해야 할 자잘한 일들이 너무나 많았다. 이번에도 CD를 프레싱하고, 방송 심의를 맡기고, 유통 대행을 계약하고, 공연장을 대관하고, 티켓 사이트에 문의를 했다. 다 적지도 못할 만큼 소소한 일들이 계속 생겨났다.

우리가 현재 할 수 있는 공연장 중 제일 좋은 곳인 홍대 상상마당의 스탠딩 공연을 과감하게(무리해서) 결정했다. 그리고 지금 생각해도 어처구니없는 자신감으로, 그 옆에 작은 공연장(오뙤르라는 클럽이었는데 지금은 없어졌다)을 그다음 주쯤에 하나 더 대관해서 미리 앙코르 콘서트까지 잡아두었다. 상상마당을 채워서 공연을 잘해내는 것부터가 이미 무리였는데 앙코르 공연은 사실상 미친 짓이었다. 자신감이 점차 떨어지는 와중에 공연 날이 되었다.

상상마당에 공연을 보러 갔을 때 멋져 보였던 공연장 벽 옆면의 현수막을 나도 꼭 해보고 싶어서 미리 주문해두었다. 공연 당일 합정동 쪽 현수막 사무실에서 우리 현수막을 찾아 공연장에 들고 왔다. 멤버들이 하나둘 도착하고 무대 위에서 사운드를 체크하는 동안, 나는 친구와 직원분의 도움을 받아 벽에 현수막을 걸러 사다리를 타고 올라갔다. 벽에 매달려 있으면서 어쩌면 이번이 마지막일 수 있겠구나 하는 생각이 강하게 들었다. 실상 준비하는 내내 마음속에서 올라오는 생각이었을 텐데 너무 바빠서, 정신이 없어서 자각을 못 했거나 모른 척했을 뿐. 이번에도 해보고 별수가 없다면 아마 마지막일지 모른다는 게 현실이었다. 밴드 자체를 이끌어갈 힘도, 이 많은 업무를 해나갈 힘도 거의 바닥이 났다. 이런 자각이 최소한 공연이라도 끝나고 왔으면 좋았을 텐데 공연 직전, 몸도 마음도 녹초가 된 상태에서 찾아왔다. 그렇게 공연의 시작을 맞았다.

다행히 이번에도 앞쪽의 팬분들과 뒤쪽의 지인들이 300여 석이나 되는 상상마당 스탠딩석을 거의 가득 채워주었다. 그리고 깜깜한 암흑 속에서 불을 확 밝히듯 기적 같은 순간이 일어났다.

기존 곡들과 더불어 신곡에까지 굉장한 응원의 함성이 쏟아졌다. 확실히 첫 앨범이 있어서 그런지 그걸 듣고 새로 찾아와준 분들이 많아진 것 같았다. 말 그대로 없던 힘도 솟아나 혼신을 다해 공연했다. 후반부에 〈이렇게 행복해〉라는 첫 앨범의 수록곡을 부르는 순서였다. 어쿠스틱 기타를 치면서 첫 소절을 부르는데 관객들이 엄청나게 큰 소리로 따라 불러주기 시작했다. 전혀 예상하지 못했다. 주요 곡도 아니었고 공연 때 자주 하는 곡도 아닐뿐더러, 시작하는 부분은 후렴도 아니고 벌스인데 어떻게 가사를 다 알지? 순간 소름이 돋았다.

내 귀에는 그 떼창이 뻔뻔함 가득 첫 앨범 소개글에 적었던 '좋은 음악은 결국 알아본다'라는 문구의 화답처럼 들려왔다. 어딘가에서 우리 음악이 닿고 있었구나 하는 안도와 기쁨이 휘몰아쳐 저릿할 정도로 너무나 큰 응원이 되었다. 마음속으로 펑펑 울며(겉으로 울어버리기에는 현실적으로 잘해내야 하는 일들이 아직도 아주 많이 남아 있었다) 공연을 이어갔고, 그 뒤로 공연이 끝나갈수록 내 마음은 더 열심히 해보자, 할 수 있다는 자신감으로 가득 채워졌다. 그 떼창은 나에게 소란이 멈추지 않게 잡아준, 등대처럼 나를 이끈 떼창이었다. 지금의 떼창도 마찬가지다. 계속 나와 소란에게 무엇보다 큰 힘을 주는 열렬한 응원가다.

　공연을 성공적으로 끝내고 의지에 불타올라서 앙코르 콘서트 안 잡아놨으면 어쩔 뻔했냐며(자랑-앙코르 콘서트는 단번에 매진되었다) 부지런히 준비하고 있을 때 몇몇 회사들에서 계약 관련해 만나보자며 연락이 왔다. 한 세 번째쯤으로 해피로봇에서도 연락이 왔다. 의연한 척 미팅을 하는데 놀라운 이야기를 듣게 되었다. 첫 앨범을 낼 때부터 우리에게 관심이 있었던 데다, 이번 상상마당에는 직원분도 와서 분위기가 어떤지 보고 갔다고 했다.

　"어우, 무리일 줄 알았는데 공연장을 다 채우셨다더라구요?"

　또 소름이 돋았다. 절반 정도가 내 지인이었던 건 모르는 눈치였기 때문이다.

마지막일 뻔했던 두 번째 콘서트가 끝나고 다른 시작이 열렸다.

꿈꿔오던 레이블과 계약하고 태욱이도 완전히 합류해 4인조가 되었다.

고맙다는 말

12년이 넘게 음악을 만들고 무대에서 공연을 한다.

1년에 정식 콘서트만 세 번씩 연다.

수도 없이 많은 행사와 페스티벌, 크고 작은 공연을 한다.

각종 SNS에, 유튜브에, 방송에 여기저기 얼굴을 비춘다.

다른 지역에도 수시로 가는 편이다.

게으르고 제멋대로여서 이랬다저랬다 하는 일도 많다.

이 모든 걸 나보다 더 잘 기억하고 나보다 더 빨리 도착한다.

나보다 더 기대하고 나보다 더 기다린다.

수많은 공연을 최대한 많이 보기 위해 본업을 열심히 한다.

SNS든, 유튜브든, 방송이든 행여나 기가 죽을까봐 댓글로 응원을 보내준다.

다른 지역 어디라도 찾아와서 함께하며 힘을 준다.

힘이 된다고 덕분에 행복하다고 말해주고, 준비한 공연의 내용을 모두 곱씹어가며 고맙다고 말해준다.

내가 만든 음악을 나보다 더 사랑해준다.

이 음악과 무대가 자존감을 높여준다고 말해줘서 나의 자존감을 높여준다.

주절주절 일기장처럼 서툰 이 글도 좋은 점을 애써 찾아가며 읽어주고 있겠지.

꽤 자주 생각한다.

고맙다는 말이 너무 흔해서 미안할 만큼 고맙다고.

PART 2

행복이 어떤 건지
가끔 생각해

된장찌개를 먹을 때

혼자서 두 아들을 키우신 우리 엄마는 나에게 언제나 강하고 빈틈없는 존재였다. 한참이 지난 후에야 예전 그 순간들이 얼마나 위태롭고 아슬아슬했었는지 들어서 알게 되었지만, 당시에는 약한 모습을 보이지 않으셨기 때문에 전혀 몰랐다. 군 입대가 다가오던 시기에도 엄마는 늘 하던 일을 계속할 뿐 특별히 다른 점이 없었다. 어쩌다가 나 군대 가면 엄마 허전해서 어떡하냐고 여쭤봐도, 남들 다 당연히 가는 건데 웬 난리냐며 대수롭지 않게 대답하실 뿐이었고 나에겐 그 모습이 자연스러웠다. 오히려 겁도 많고 힘든 거 싫어하는 나 스스로가 제일 호들갑이었다. 2004년 9월 21일이 나의 입대일이었다. 이렇게 정확히 날짜를 기억하는 것이 신기하다. 기억력이 나쁜 편인데 이건 언제 떠올려도 바로 생각이 난다. 날짜가 다가올수록 점점 두려워졌다. 가서 고생할 것도 싫고, 집을 떠나는 것도, 가족들, 여자친구, 친구들과 헤어지는 것도 너무너무 싫었다. 집에서 그런 마음을 표현하면 할수록 엄마는 더 냉정하게 다그치실 뿐이었다. 처음에는 아무렇지도 않았는데 입대일이 임박하니까 아주 조금 서운한 마음도 들었다. 그러면서도 속으로는 걱정되실 텐데 티를 안 내시는 거겠지 짐작만 할 뿐이었다.

입대 전날 밤 겨우겨우 일찍 잠이 들었다가 늦은 밤에 깨버렸다. 다시 자려고 누워 있는데 엄마 방에서 통화 소리가 들려왔다. 가만히 들어보니 친구분이랑 통화를 하며 울고 계셨다. 몸도 약하고 마음도 여리고 손도 야무지지 못한 애가 군대 가서 힘들어 어떡하냐고, 큰아들 의지하면서 사는데 나는 이제 어떡하냐고 흐느끼고 계셨다. 내심 걱정은 하시겠지 생각했지만 이런 장면은 상상도 못 했다. 엄마의 약한 모습과 마주친 나

역시 그대로 누워서 눈물을 줄줄 흘렸다. 한참 전부터 속상했는데 혹여 내가 약해질까봐 일부러 티를 안 내신 건지, 막상 전날 밤이 되니까 감정이 복받치셨던 건지는 아직도 모른다. 하지만 다음 날 아침에는 원래대로 돌아가 아무렇지도 않게 나를 대하셨다.

의정부로 출발해야 하는 새벽 일찍 여자친구(지금의 아내다)와 친구들(성재, 기백이, 섭이 이렇게 세 명. 호성이는 나보다 먼저 군대에 갔다)이 같이 가주려고 집으로 찾아왔다. 자면 못 일어날 것 같다고 셋이 모여 밤을 새우고 와서 잔뜩 풀려 있던 친구들의 눈이 생생히 기억난다. 엄마는 일해야지 뭐 그런 데까지 따라가느냐며 미련 없이 쿨하게 집에서 배웅해주셨다. 하지만 이 모습과 달리 숨죽여 울고 계셨던 어젯밤 일을 알고 있는 나는 계속 그 생각이 났다. 그렇게 엄마랑 인사를 하고 대방역에서 1호선 전철을 탔다. 여자친구도, 친구들도, 나도 다 웃음 욕심이 많아서 내내 까불다가 어느새 안내방송에서 의정부라는 말이 나오고 열차 안의 사람도 많이 줄어들자 분위기가 달라졌다. 그때까지 늘 씩씩했던 여자친구가 이제 진짜 체감이 되는 모양인지 내 얼굴과 짧게 자른 머리를 만지며 울기 시작했다. 딱 1년을 만나고 군대에 가게 되었는데, 나도 미안하고 안쓰러워서 눈물이 났다. 친구들은 그저 숙연하게 지켜보는 줄 알았더니 의정부역에 내리자마자 아까 네 얼굴로 도자기 빚는 줄 알았다며 놀려댔다. 덕분에 다시 웃으면서 기분 좋게 버스로 갈아탔다. 이제 주변에는 대부분 입대하는 사람과 배웅하는 사람밖에 없었다.

전날과 당일 아침까지 여기저기서 잘 다녀오라고 연락을 많이 해주었다. 버스에서 받았던 성욱이라는 친구가 보내준 문자가 기억이 난다. 같이 취미로 밴드를 하며 친하게 지내던 친구였다. 넌 뭐든지 잘하고 사회성이 좋아서 예쁨도 받을 것 같고 걱정이 하나도 안 되지만, 감기에 잘 걸리고 몸이 약하니까 금방 추워질 날씨에 건강히 생활하라고 보내주었다. 같이 지낼 때 다정한 말로 챙겨주는 성격이 아니었어서 그런지 더 감동을 받았다.

이제 목적지인 306보충대 근처에서 내려 마지막

으로 같이 밥을 먹고 나면 정말로 입대를 해야 한다. 점점 실감이 나다가 그 시점이 지나니 오히려 비현실적으로 시간이 흐르는 것 같았다. 그때쯤 엄마에게 전화를 걸었다. 엄마는 여전히 차분한 말투로 대답하셨다.

"다 왔니?"

"네. 거의 다 왔어요."

"그래. 밥은?"

"여기 근처에 식당이 많아서 아무 데나 들어가서 먹으려구요."

"어, 친구들이 거기까지 왔는데 맛있는 거 사 먹여야지."

"네."

"그리고 너는 긴장하면 항상 소화가 잘 안되니까…."

엄마의 목소리가 갑자기 떨렸다.

"그러니까 딴 거 먹지 말고…. 된장찌개에다가 말아서 먹어."

이렇게 말하며 이때부터는 펑펑 울기 시작하셨다. 나도 엉엉 울었다. 누구보다 강하고 누구보다 약한 게 우리 엄마인 걸 너무 잘 알아서 그냥 계속 눈물이 났다. 장남이라고 뭐라도 되는 척했던 나지만 실은 언제나 엄마에게 의지하고 있었고, 늘 씩씩하게 삶을 이겨내온 엄마도 나에게 많이 의지하고 있었다는 사실이 새삼스럽게 와닿아 가슴이 뭉클했다.

　평소엔 밖에서 밥을 사 먹을 때 된장찌개를 주문하는 일이 별로 없다. 고깃집에서 식사에 딸려 나오면 먹지. 그런데 이 이후로 어디서든 된장찌개가 보이면 무조건 그때가 생각난다. 그리고 속이 좀 안 좋거나 힘든 날에는 한 번씩 주문해서 먹곤 한다. 확실히 부담스럽지 않고 소화가 잘된다. 그런 날은 엄마께 꼭 전화라도 드리려고 한다.

기억의 조각

얼마나 오래되었는지와 상관없이 어떤 기억들은 조각난 채 그대로 머릿속에 머무른다. 각 조각들은 꽤나 선명한데 전체의 모습은 희미하다.

초등학교 3학년 때 사고로 아버지가 돌아가셨다. 나와 동생은 집에 있다가 엄마와 함께 택시를 타고 병원으로 갔다. 택시 안에서 어쩔 줄 모르시는 엄마에게 나도 모르게 "괜찮을 거예요"라고 말했다. 엄마는 차마 대답하지 못하고 그저 손을 잡아주실 뿐이었다. 병원 장례식장에 친척분들이 오셨다. 할머니는 울고 계셨다.

어린 나에겐 낯선 통곡 소리가 무섭게만 느껴졌다. 밤이 되자 너희들은 여기에 있으라며 근처 숙소 작은 방에 나와 동생을 데려다주었다. TV에서는 〈그렘린〉이라는 영화가 나왔는데 보다가 너무 무서워서 잠을 설쳤다. 장례식 내내 만난 많은 분들이 울면서 앞으로 너희가 엄마를 잘 모시라고 말했다. 나는 엄마가 그렇게 슬프게 우시는 모습을 처음 보았다.

이것이 그때 기억의 거의 전부다. 이렇게 조각난 채로 가지고 있는 기억들은 때로는 세로로 겹쳐서, 가끔은 넓게 펼쳐서 볼 수도 있다. 그리고 그 조각에 지금을 비추어 보기도 한다. 언젠가 조각들 중 하나가 두 아들을 데리고 두려워하던 젊은 엄마의 모습을 비추었을 때…. 나도 어른이 되었고, 심지어 그때의 엄마보다 지금 내 나이가 더 많지만 아직도 당시 엄마의 마음이 어땠을지는 가늠이 되지 않는다. 엄마는 얼마나 슬펐을까? 30대 초중반에 남편을 잃고 어린 두 아들 손을 잡고 연고도 없는 낯선 곳으로 이사를 하며 얼마나 많은 각오와 다짐을 했을까? 어떤 일에 웃고 얼마나 많은 눈물을 흘렸을까? 나는 왜 그렇게 긴 시간 동안 아무것도 몰랐을까?

어떤 기억들은 조각난 채 그대로 머릿속에 머무른다. 내가 조각낸 적도 없고 스스로 이어 붙일 수도 없다. 그대로 거기 있으면서 가끔 무언가를, 어딘가를 비출 뿐이다.

이상과 현실의
컬래버레이션

　나에게 뮤지션이라는 존재는 너무나 아득하고 멀었다. 동경하는 마음이 커지는 만큼 도리어 현실감이 줄어들어 최소한 실제 내 삶에서는 뮤지션이 될 방법이 없을 것만 같은 느낌, 선택받은 엄청난 존재들만이 상상도 못 할 방법으로 뮤지션이 될 것 같다는 생각의 안개가 점점 짙어졌다. 그런데 또 그렇게 앞이 보이지 않고 환상의 존재로 느껴질수록 음악은 더 아름답게 들리며 좋아하고 추앙하는 마음이 계속 커지다보니 나도 그렇게 되고 싶다는 마음 역시 자꾸만 깊어졌다.

　서태지와 아이들과 마이클 잭슨의 음악을 매일매

일 듣던 유년 시절의 내 마음은 항상 두 갈래로 갈라져 있었다. '나도 저렇게 되고 싶다'와 '나는 저렇게 될 수 없다'. 나도 저렇게 되고 싶다는 마음이 커진 날은 설레는 꿈속을 헤엄치며 갖가지 상상(아레나급 콘서트장에서 수만 관중과 함께하는 나, 해외 시상식에서 통역가와 나란히 서서 수상 소감을 말하는 나 등)으로 행복해했다. 반대의 날에는 극현실주의자가 되어서 음악을 취미로 하며 직업을 가진다면 뭐가 좋을지, 기왕이면 아예 음악과 상관없는 일을 해야 하나 아니면 음악 계통의 일을 하는 게 더 좋을까(이때 갑자기 취미로 하던 음악이 대박 나서 해외 시상식까지 가는 상상으로 바로 빠지는 날도 있었다) 같은 걸 진지하게 고민하기도 했다.

진로를 본격적으로 고민하는 고등학생 무렵엔 두 가지 마음을 절충했다. 그때는 미처 의식하지 못했던 것 같은데 지나고 보니 이런 사고의 흐름이었다. 뮤지션이 되고 싶다 → 나는 스타가 될 수는 없을 것이다 → 작곡가가 되자. 이상과 현실의 완벽한 컬래버레이션, 모두가 행복할 수 있는 나만의 현명한 결정이라고 생각했던 듯하다.

현재 시점으로 돌아와 음악을 만드는 사람들에게 컬래버레이션은 정말 중요한 작업이다. 흔히 떠올리는 다른 뮤지션과의 협업은 지금의 뮤지션들에게 가장 중요한 이벤트 중 하나라고 할 수 있다. 새로운 조합에서 나오는 시너지에 대한 기대로 많은 관심을 얻을 수 있고, 실제로 힘을 합쳐 만들기 때문에 전에 할 수 없던 새로운 무언가가 튀어나오기도 한다. 사람과 사람의 컬래버 말고도 음악을 만들 때 장르적인 컬래버도 한다. TV에도 어떤 장르의 뮤지션이 국악의 매력을 더했다더라, 재즈와 힙합을 결합했다더라 하는 이야기가 흔하게 나온다. 뮤지션으로 겪어온 경험에 비추어 이 컬래버가 잘되려면 컬래버를 할 두 가지(아니면 두 존재)에 대한 이해가 깊어야 한다. 장르를 섞기로 했다면 각 장르의 이해와 사용에 정통해야 한다는 것이다. 내가 지금껏 록 음악을 만들어왔는데 재즈의 무언가를 섞어내고 싶다면 재즈 역시 깊이 알아야 한다. 재즈 전문가와 함께하면 될 수도 있겠지만 결국 섞어서 프로듀싱해야 하는 입장이 나라면 어느 정도 이상의 이해가 반드시 필요하다. 이게 부족한 상태에서 섞여나온 음악은 대부분 잘 모르는 쪽의 냄새만 살짝 입혀져 아쉬운 결과물인 경우가 많다. 두 뮤지션이 함께 무언가를 해낼 때도 서로에 대한 이해가 부족하다면 장점과 장점이 만나 시너지를 터트리지 못하고 오히려 서로 비교되거나 단점이 부각될 수도 있다.

어린 시절의 나는 이상도 잘 모르고 현실도 잘 몰랐다. 사실 아무것도 모른다고 말하는 게 맞을 정도로 둘 다 미지의 영역인데, 나는 너무도 과감하게 두 가지의 컬래버를 기획했다. 작곡가가 되자는 결론 자체는 어찌 보면 문제가 없었을지도 모른다. 하지만 이 컬래버로 향하는 사고의 흐름이 참으로 위태로웠다. 정작 한 치 앞을 모르는 그때의 어린 나는 이런 사고의 흐름으로 결론을 얻어냈다는 것에 스스로 무척 기특하고 뿌듯해했다. 작곡가가 되기 위해 클래식작곡과에 진학했지만 언제나 꿈꿔왔던 대중음악이 아른거렸다. 당연히 전공은 매우 어려웠고, 더욱이 머릿속에 다른 생각이 가득하니 잘될 리 없었다. 방황했다가 마음을 다잡기도 했다가 겨우겨우 졸업하고 결국 밴드를 시작해 대중음악을 하게 되었으니까 이상과 현실을 요리조리 돌고 돌아 지금까지 달려가고 있는 셈인데, 그럼 정답은 무엇이었을까?

꿈이라는 이상이 자라나던 시절에 나 자신과 꿈을 믿고 직진했다면 어땠을까? 아니면 그때 차라리 더욱 현실적이 되어서 실현 가능한 목표를 잡고 열심히 노력했다면 어땠을까? 안일하게 이걸 컬래버해보려 했던 어린 나의 실수였을까? 이렇게 생각하면 또 모르겠다. 꿈을 믿고 직진했다가 진작에 고꾸라졌을지도 모르고, 현실적인 일을 찾다가 포기하고 아주 늦게 음악을 시작했을지도 모른다. 어떤 방향이었든 다른 여건이나 상황 때문에 음악과 관련된 그 아무것도 못 하게 되었을지도 모른다. 지나고 보니 돌아온 길이라고는 하지만 학교에서 배운 학문적인 음악의 태도, 그곳에서 만난 사람들, 학생회를 하며 생긴 추억과 감정이 지금 음악을 만드는 데 양분이 된다. 꿈만 바라보고 달리지는 않았지만 돌고 돌아 꿈꾸던 필드에서 열심히 노력하고 있으니 어떤 관점에서는 꿈도 이루어가고 있다.

나는 세 가지 흔한 결론을 적을 수 있다. 컬래버가

잘되려면 신중해야 한다. 그런데 신중하지 못했던 컬래버도 어떤 결과를 가져온다. 어릴 때의 나, 나름대로 고생했어. 칭찬해.

수영장

아주 잘하는 건 아니지만 나는 수영을 종류별로 심지어 접영까지 할 줄 안다. 어렸을 때 꽤 오래 수영장에 다니면서 강습을 받았고 자유수영도 했기 때문이다. 초등학교 5학년 즈음부터 몇 년을 다녔다. 가끔이긴 하지만 주변 사람들과 여행할 때 수영장에 가게 되면 내 딴에는 눈에 띄는 재주라서 은근히 자랑스럽게 여기는 순간도 있었다. 그럴 때마다 형편상 쉽지 않았을 텐데 수영장에 보내준 엄마께 고맙기도 했다. 그런데 한참이 지난 후에야 알았다. 내가 수영을 배우게 된 건 생각보다 복잡한 이유가 있었다.

아버지가 세상을 떠난 뒤 초등학생 아들 둘을 데리고 서울로 올라온 엄마는 여기저기 고민을 하다가 교육을 위해 아무 연고도 없는 여의도에 터를 잡기로 결정했다. 우선 여의도에 있는 상가 지하에 작은 미용실을 얻어 영업을 시작했다. 나와 동생은 일단 외할머니댁에 맡겨두고 열심히 일을 하시다가 어느 정도 자신감이 생기자 우리도 여의도로 이사했다. 가지고 있던 돈은 몽땅 가게에 투자했기 때문에 집 얻을 보증금이 없어서 상가와 가까운 아파트에 단칸방 세를 얻었다. 자제들이 독립해 부부 두 분만 살고 계시는 집의 현관문 바로 옆에 딸린 작은 방 한 칸이었다. 한마디로 한 집 안에 두 가족이 사는 것이었다. 방은 그다지 크지 않아서 구석에 책상을 놓고, 나머지 공간에 셋이 누울 수 있는 침대를 두니까 의자 놓을 자리가 없었다. 침대 귀퉁이를 의자 삼아 앉았다.

집주인 부부는 좋은 분들이셨던 것 같다. 하지만 혼자 아들 둘을 챙겨서 키우는 젊은 엄마는 여러모로 셋방살이에 눈치가 보였고 그중에는 욕실 문제도 있었다. 이른 시간이나 늦은 시간에 거실에 있는 욕실을 쓰면 소리도 나고, 주인집이랑 사용 시간이 겹칠 수도 있으니 진짜 급할 때 말고는 아예 안 쓰려고 마음먹으셨던 듯하다. 당연히 주방도 사용하기가 난감해서(아마 편하게 쓰라고 하셨겠지만) 집에서는 거의 잠만 자고 다른 것들을 다 밖에서 해결했다. 자고 일어나면 엄마는 무척 이른 시간에 나와 동생의 옷만 입혀서 지하 상가로 데리고 갔다. 가게 안 손님들이 샴푸하는 수도에서 씻기고, 전기밥솥에 밥을 해 먹여서 학교를 보냈다. 그러고 나서 우리가 학교에 가면 엄마도 거기에서 씻으셨다고 한다. 학교가 끝나면 우리는 다시 가게로 와서 상가에 있는 오락실에 가거나 친구들하고 놀며 시간을 보내다가 수영장에 갔다. 걸어서 5분 거리에 있던 수영장에서 수영을 배우며 시간도 보내고 거기다 깨끗이 목욕까지 해서 돌아오니 엄마는 무리해서라도 수영만큼은 꼭 보냈다. 아니, 어쩌면 보낼 수밖에 없었던 것이다. 수영이 끝나면 가게로 다시 와서 저녁까지 먹고, 단칸방으로 돌아가 숙제하고 책도 보다가 잠드는 게 우리의 하루였다.

앞서 말했지만 성인이 되고 결혼해서 아이들이 태어날 때까지도 나는 신기할 정도로 이 사실을 몰랐다. 짐작조차 해본 적이 없다. 한번은 엄마가 우리 집에 놀러 와서 식사하며 이야기를 나눌 때였다. 그래도 엄마가 수영을 열심히 보내줘서 다 할 줄 안다고, 어떻게 수영을 그리 오래 가르칠 생각을 하셨느냐고 우연히 물었는데 그때 깜짝 놀라며 말씀해주신 것이다.

"너 기억 안 나니? 그때 단칸방에 살면서 눈치 보이니 씻으라고 계속 보냈던 거잖아."

묘한 표현이지만 이 말을 듣는 순간 놀랍게도 기억이 안 나는데, 기억이 났다. 그런 자세한 상황이나 이야기는 생각이 안 나지만, 이 말을 듣자마자 모든 게 이해되고 그때의 모습이 마구마구 떠올랐다. 글로 적어놓으니 마치 내가 무슨 온갖 가난과 역경을 겪은 듯 보이지만 그때도, 그 이후에도 나는 그렇게 느낀 적이 없었다. 셋방살이가 눈치 보이고 힘들구나, 씻는 것도 마음대로 못 하고 수영장에 가서 씻는구나, 심지어 엄마가 고생이 많으시구나 같은 생각을 아예 안 했다. 너무 그런 기억이 없어서 혹시 내가 안 좋은 기억이라 일부러 지웠

나 싶을 정도라 곰곰이 계속 떠올려봤는데 그것도 아니다. 엄마가 언제나 자신감 있게 우리를 대했고, 나와 동생도 어리고 뭘 모르니 그냥 원래 그런 줄 알고 그늘을 느끼지 못한 채 해맑은 마음으로 살았던 것 같다. 모든 걸 알고 난 지금에서야 그 시절 엄마가 얼마나 힘들고 외로웠을까, 아무것도 모르는 아이들 마음은 어땠을까 더 생각하게 된다.

어딘가로 여행을 떠나면 두 딸 다윤이와 윤아는 수영장을 가장 기대하고 좋아한다. 딱히 이유는 없다. 이상할 정도로 수영장에 집착한다. 나와 아내는 이 정도면 여행지는 어디가 됐든 수영장만 그럴싸하면 되는 거 아니냐며 농담할 정도다. 어쩌면 유년 시절의 나 역시 자주 수영장에 가서 친구들을 만나고 수영도 배우고 했던 게 마냥 좋았던 것 아닐까. 그때 힘든 줄 몰랐는데, 굳이 지금에 와서 과거를 돌이켜보며 '아, 힘들었겠다' 자기 연민에 빠져들 필요는 없다. 오히려 그렇게 힘든 와중에도 지혜롭게 수영을 배울 수 있도록 해준 엄마에게 감사한 마음을 더 표현하는 게 맞는 것 같다.

동생 고 영환

3살 어린 내 동생은 키나 덩치가 나보다 크고 성격도 훨씬 활동적이다. 나는 음악을 전공했고 동생은 체육을 전공했다. 어렸을 때도 나는 얌전하고 어른스러운 아이였다면 동생은 말썽꾸러기 울보였다고 한다. 우리 엄마는 혼자 아들 둘을 힘들게 키우면서 언젠가 아들 녀석들이 취직하면 넥타이 매고 출근하는 모습을 보고 싶다는 말씀을 종종 하셨는데 전혀 뜻대로 되지 않다. 상대적으로 이야기하는 것이지만 어렸을 때부터 나는 자잘한 것들, 디테일에 관심이 많았고 동생은 별거 아닌 문제는 신경도 안 쓰며 세상 돌아가는 일, 경제 같은 것에 관심이 많았다. 디테일의 예를 들자면, 같이 과자를 먹을 때 나는 정확히 '농심 포테토칩'이 먹고 싶은데 동생은 '감자칩 비슷하게 생겼으면 다 거기서 거기 아닌가?' 하는 식이다. 철없던 시절 집으로 오는 길에 포테토칩 사다달라고 심부름을 시키면 대충 훑어보고 "이거밖에 없던데?" 하면서 포카칩 오리지널 맛을 사온다(나는 포카칩 중에서 고르라면 오리지널보다는 어니언 맛을 좋아한다). 뭐라고 하면 진짜 그것뿐이었다고 발뺌하고, 나는 또 그걸 굳이 슈퍼에 가서 확인한 뒤 "야, 여기 있잖아" 하면서 짜증 내고 싸우며 여느 형제처럼 티격태격 자랐다.

엄마와 동생과 나 셋이 살던 좁은 아파트 안방에 음악을 만들 수 있는 미디 장비를 갖다두고 밴드를 해보겠다며 꿈을 키워가고 있을 때쯤 대학생이던 동생은 아르바이트로 돈을 열심히 모았다. 등굣길에 아트홀에 들러 자판기 관리하는 아르바이트를 하면서, 전공을 살려 트레이너 아르바이트도 했다. 둘 중 하나만 하지 그러냐고 하면 둘 다 좋은 일자리라서 잠을 줄여서라도 한다고 답했다. 동생은 누워서 자면 못 일어날 것 같다고 침대에 엎드려서 쪽잠을 자다가 다시 나가곤 했다. 밥도 대충 때우고 잠까지 줄여가며 뭘 하려는 거냐고 물었더니 돈 모아서 미국에 갈 거라고 했다. 나는 살면서 이런 생각을 해본 적이 없는 편이라 동생이 신기하기도 하고 어쩌면 우리 삶이 이제 정말 각자의 길로 달라지고 있구나 싶기도 했다.

그 무렵 나는 밴드를 결성해서 드디어 첫 앨범을 만드는 중이었다. 첫 앨범은 내 사비로 제작하게 되었는데 다른 건 몰라도 믹싱만큼은 돈을 들여 외부 전문가에게 맡기고 싶다는 생각을 한창 할 때였다. 하루는 집에서 작업하고 있는데 아르바이트를 마친 동생이 방에 들어와 흰 봉투를 건넸다. 내가 여기저기 아는 사람들을 통해서 저렴하게 믹스할 수 있는 곳을 찾아보고 이런 상황을 설명하기도 하면서 전화 통화하는 걸 들었던 모양이다. 너무 뜻밖이라 당황해하니까 형 앨범 낼 때 필요한 곳에 쓰라고 말했다. 봉투 안에는 40만 원이 들어 있었다. 잠깐이지만 좀 더 보태서 50만 원을 맞추거나 10만 원 빼서 30만 원이면 차라리 안정적이지 않을까 하는 생각이 스칠 즈음 동생이 설명을 이어갔다. 자기가 진짜 열심히 돈을 모으고 있는데 형한테 돌려받을 생각 아예 없이 그냥 줄 수 있는 최대한을 넣었다는 것이다. 너무나 고영환다웠다. 진짜 아무리 생각해도 50만 원을 그냥 주기는 힘들었던 것이라고 생각하니 웃음이 나기도 하고, 얼마나 깊은 고민과 망설임 끝에 30만 원에서 10만 원을 더 보탰을까 헤아리니 감동이었다. 그러나 돈의 액수나 필요성을 떠나서 동생이 그렇게까지 힘들게 일하며 번 돈인 걸 뻔히 아는데 도저히 받을 수가 없었다. 정말 고맙지만 마음만 받겠다며 거절하고, 내가 가지고 있던 돈으로 앨범을 발매했다. 총 발매까지 백몇십만 원이 들었으니까 동생이 보태주려 했던 40만 원은 결코 적은 돈이 아니었다. 늘 어리게만 보았던 동생이 내 일을 먼저 걱정하고 도움의 손길을 내민 순간이라 그런지 이후로 동생을 나보다 무조건 어린 존재로 보는 일은 없었던 것 같다. 이제는 동생이 아니라 함께 삶을 살아나가는 동료나 동반자처럼 느껴졌다. 그리고 무엇보다 고마운 마음이 오래도록 가슴에 남았다.

그렇게 발표한 첫 앨범 이후 소속사에 들어가 열심히 활동할 무렵 동생이 그동안 모은 돈으로 드디어 해외를 나간다고 했다. 영어 공부를 위해 필리핀으로 먼저 가서 어학연수를 한 다음 바로 본격적으로 미국에 갈 거라고 빡빡하게 짜인 계획을 알려주었다. 더 늦기 전에 나도 그때의 고마웠던 마음에 보답하고 싶었다. 해외에 나가 있는 동안 쓰라고 노트북을 하나 사주었다. 영환이는 나와 달리 거절하는 성격이 아니다. 너무너무 좋아하고 기뻐하던 모습이 기억난다. 해외에서 자주 연락한 건 아니었지만 연락할 때마다, 다녀와서도 이따금씩 그 노트북 정말 가볍고 좋아서 잘 썼다고 이야기해주는데 참 보람되고 기분이 좋았다. 동생에게 뭐라도 해줄 수 있는 나 자신이 뿌듯했고, 멋지게 꿈을 이루고 있는 내 동생이자 동반자에게 조금이라도 도움이 됐다는 사실도 가슴 벅찼다.

　　이런 과정을 통해서 철없던 형제는 서로를 존중하게 되었다. 매일 연락하고 자주 만나는 건 아니지만, 고민이나 문제가 있거나 누구한테 전화할까 망설여질 때 아내 말고는 가장 먼저 동생에게 전화하는 일이 많아졌다. 어느 날부턴가 동생도 걱정이 있을 때마다 나한테 전화를 자주 한다. 동생은 지금 을지로, 문래동, 용산 여러 곳에서 식당과 카페를 운영하고 있다. 당연히 어려운 일도 많고 문제도 많아서 만나거나 통화를 할 때면 힘든 상황이나 고민을 이야기하곤 하는데 다혈질이라 씩씩거리고 있을 때가 잦다. 이런저런 이야기를 나누고, 잘은 모르지만 내 나름대로 느낀 생각을 말해주면 영환이는 "고마워, 형. 형한테 얘기를 들으니까 좀 정리가 된다"라거나 "형 말이 다 맞는데 그렇게 하기가 힘드네…"라면서 형이라는 이유로 늘 내 이야기에 귀 기울여주고 배우려 한다. 그러나 난 동생보다 3살이 많은 것 말고는 특별히 더 나은 점이 없다. 영환이는 나보다 훨씬 건강하고 부지런하고 세상을 잘 아는 경험 많은 사업가이자 내가 존경하는 사람이다.

어른이 되어가는 것

'이런 게 어른이 되어가는 건가?' 하고 생각할 때가 있다.

온도와 습도에 민감해진다.

어릴 때는 덥다, 춥다 말고는 딱히 가리는 게 없었는데 좀 크니까 꿉꿉하다, 서늘하다는 게 추가되더니 더 지나서는 습도가 그렇게 신경이 쓰인다. 건조한 날 미리 립밤을 잊지 않고 챙길 때 꼼짝없이 어른이 되었다는 사실이 실감 난다. 창문을 열어둔 여름날 방바닥과 발바닥이 찰싹 달라붙는 느낌을 인식하고는 별로인

기분이 들어 창문 닫고 에어컨을 켜야겠다 생각하게 된 지는 몇 년이 채 안 된다. 아이들이 태어난 후 온·습도에 대한 것은 민감을 넘어 집착으로까지 향했다. 조금만 추워도 아이들이 감기에 걸릴까봐 걱정되고, 밤늦게 집에 와서 가족들 모두 자고 있을 때 집이 너무 더우면 잠을 설칠까봐 걱정이 된다. 종종 있는 우리 집의 실랑이 포인트는 외출할 때 아이들 겉옷을 챙길까 말까다. 나는 매번 챙기자는 주의인데, 정작 나가서 가족들 모두 땀을 뻘뻘 흘리고 챙겨 간 겉옷을 계속 번거롭게 들고 있게 되면 아내 표정이 안 좋아진다. 그래도 나는 참을 수가 없다. 심지어 야외에서 공연하는 일이 많다보니 날씨에 더 예민해질 수밖에 없기도 하다. 어느 날 문득 1년 중 밖에서 뭔가를 하기에 온·습도가 딱 좋고 미세먼지도 없는 날이 생각보다 너무 적은 것 같다는 깨달음이 들었다. 그런 날은 다른 일 제쳐두고, 게으름 피우지 말고, '자연과 날씨를 즐겨야겠구나!' 하고 되뇌던 순간이 요 근래 나 자신이 가장 어른처럼 느껴지던 날이었다.

먹는 게 좋다.

어릴 때는 식탐이 아예 없었다. 소문난 깨작이였어서 어른들한테 참 많이 혼났다. 아주 어릴 적에는 밥을 안 씹고 앞니로 녹여서 먹는다고 매일 꾸중을 들었는데, 놀랍게도 우리 윤아가 똑같이 그런다. 나는 차마 혼내지는 않는다. 아무튼 먹는 데 별 관심이 없었다. 그냥 배고프니까 먹는 거지 배고픔만 가신다면 무엇을 먹어도 그다지 상관없는 편이었다. 그런데 20대 후반쯤부터 나이가 드는 그래프와 정확한 정비례로 점점 먹는 게 좋아진다. 맛있는 음식을 먹고, 먹으면서 나만을 위해 쓰는 그 시간과 즐거움으로 스트레스가 풀린다는 사실을 자각한 순간 내가 어른이 되어가는구나 하는 생각이 들었다. 결혼하고 나서는 아내와 야식을 먹으면서 TV를 볼 때, 아이들이 태어나고서는 아이들 재우고 같이 술 한잔 마시면서 행복함을 느낄 때 그만큼 어른이 되어가고 있다고도 느낀다.

말이 되는 꿈을 꾼다.

어릴 때부터 말이 안 되는 꿈을 꾸어왔고, 말이 안

된다고 생각했던 많은 것들이 놀라울 정도로 이루어졌다. 그래서 나는 내가 꿈꾸는 대로, 말하는 대로 이루어질 수 있다는 걸 믿는 편이다. 방송에 출연해서 "제가 팀을 만들 때 멤버들을 꼬시기 위해서 했던 모든 허풍 같은 말들이 다 이루어졌어요"라고 말할 정도로.

　　그런데 그걸 알면서도 점점 말이 되는 꿈만 꾸게 된다. 더 말도 안 되는 꿈을 막 꾸고 싶은데 이것이 마음대로 안 될 때 어른이 되어감을 체감한다. 말이 되는 꿈을 꾸는 이유는 이제 뭘 좀 알게 되어서다. 아무것도 몰라야 말도 안 되는 꿈을 꿀 수 있다. 그게 얼마나 얼토당토않은지, 얼토당토않은 이유가 무엇인지 알고 나면 꿈을 떠올리기가 쉽지 않다. 그렇다고 알아버린 것을 다시 모르게 되돌릴 수도 없다. 그러니 더 큰 꿈을 꾸기 위해서는, 말이 되는 선에서 내가 아는 문제들을 극복해가며 차근차근 키워나가야 하는데 이때는 성과라는 항목이 끼어든다. 말이 되는 꿈이라고 판단해 그 꿈을 좇았다가 어느 정도의 성과를 얻는다면, 그 성과를 바탕으로 조금 더 큰 꿈을 꾸고 도전하게 된다. 이 과정이 몇 번 반복되면 그것들을 모아 다시 한번 말도 안 되는 꿈을 꿔볼 수 있을지도 모른다. 이런 전개로 생각을 하는 그 자체가 너무 현실적인 어른이 되어버린 느낌이다. 내가 나를 성과라는 잣대로 측정하고 판단하는 걸 멈추고, 어릴 때보다 더 말이 안 되는 꿈을 꾸며 살고 싶다. 이런 마음이 단순히 어른이 되기 싫은 마음일까? 생각하기 싫은 게 자꾸만 생각나는 것처럼 살면서 경험한 것들이, 뭘 좀 알게 된 게 사라지지 않고 말이 안 되는 꿈을 거절한다. 내가 살아내고 있는 삶이 아주 자연스럽게 나를 어른의 자리로 계속 밀어낸다.

군대에 대한

기억들

　훈련소에서 며칠간 지옥 같은 시간을 보내다가 드디어 외부에서 배송된 편지를 나눠주는 날이 되었다. 밤에 자기 전 모두가 지켜보는 가운데 조교가 이름을 부르면 호명된 사람이 나와서 편지를 받아가고 다른 사람들은 이를 부럽게 바라본다.

　편지를 나눠준 첫날 내 편지는 없었다. 둘째 날도 없었다. 셋째 날 드디어 이름이 불렸다. 편지가 한 뭉치로 잔뜩 있었다. 그때는 여자친구였던 아내가 입대 날부터 매일매일(어떤 날은 하루에 두 개도) 쓴 편지들이었다. 편지 뭉치가 워낙 커서 조교와 동기들이 환호해주었다. 정말 행복했다.

며칠 뒤에는 엄마의 편지도 받았다. 다들 그렇듯이 눈물 때문에 도저히 한 번에 읽을 수가 없어 몇 번에 걸쳐 나눠 읽었다.

실은 군악대 시험을 한 번 보았다가 떨어져 그냥 육군으로 가버린 것이었다. 입대하고 다음 날 운전면허 있는 사람은 손을 들라고 했다. 그 사람들 전부 운전병이 되었다. 내심 그냥 보병보다는 운전병을 희망했는데 운이 참 좋았다. 운전병은 신병 훈련소 기간이 끝나고 자대 배치를 받기 전에 후반기 교육을 받으러 제3야수교라는 곳으로 간다. 가평 쪽에 있었는데, 엄마가 그 근처를 지날 때 이 안에 아들이 있다는 생각에 한참을 머무셨다고 나중에 들었다. 군 생활 통틀어 제3야수교 시절은 좀 편하고 재밌는 시간이었다. 식당에서 밥을 먹고 매점에서 몇 가지 간식을 사 먹을 수도 있었는데 아직도 생생할 만큼 밤빵이 진짜 맛있었다. 진한 갈색 테두리의 쫄깃한 맛….

또 하나 훈련소에서 기억에 남는 일은 숙영이라는 훈련이다. 쉽게 말하자면 텐트를 치고 하루 자는 것인데, 이날 심한 감기몸살에 걸리고 말았다. 10월이라 일교차가 무척 커서 낮에는 땡볕이고 밤에는 꽤 추웠다. 밤에 텐트 치고 군복을 입은 채로 누워 있는데 몸이 덜덜 떨리고 꿈인지 생시인지 구분이 안 될 정도였다. 자다가 일어나서 경계 근무를 하고 다시 자는 동안 정신이 하나도 없었다. 결국 훈련을 끝내고 의무대에 입실했다. 가족들에게 지금도 내가 캠핑을 좋아하지 않는 근거로 이 일을 대고 있다. 다행히 그러려니 해준다.

내가 2년간 살게 될 자대 내무실(숙소)은 시설이 몹시 열악했다. 한참 군 시설이 리모델링되던 시기였는데(군대에서는 막사 현대화라고 표현했다) 거의 최후까지 남은 건물이 바로 여기였다. 아주 낡은 데다, 심지어 샤워실도 커다란 탕에 물이 가득 담겨 있고 그걸 바가지로 퍼서 씻는 구조였다(이건 정말 그 당시에도 드문 일이었다). 첫 훈련을 마치고 온수 샤워라고 해서 갔더니 탕 주변으로는 계급 높은 병사들이 이미 다 차지하고, 낮은

계급 병사들은 그 뒤에 붙어 병장들이 사치스럽게 몸에 끼얹고 튄 물이라도 맞으려 하는 모습이 문화충격 그 자체였다. 계급 순서대로 씻고 나가야 다음 순서가 씻을 수 있었다. 온수 공급도 시간제한이 있어서 내가 씻을 때쯤에는 물이 별로 따뜻하지 않았다.

100일 휴가 때 부대 근처 전철역으로 아내가 마중을 나왔다. 아내는 개찰구 안쪽에서, 나는 바깥쪽에서 100여 일 만에 처음으로 재회했다. 군대에서 잘 먹어 살은 10킬로그램이 찌고, 얼굴은 새까맣게 타고, 머리는 대머리처럼 빡빡 밀린 내 모습을 보고 아내가 역대급으로 빵 터졌다. 나도 빵 터졌다. 한동안 웃음을 멈출 수 없었다. 자동차 정비를 배우느라 마디마디 기름때가 잔뜩 낀 손을 잡고 집으로 돌아왔다. 아파트 경비 아저씨에게 하마터면 경례를 할 뻔했다.

짧은 휴가 기간이 금방 지나버리고, 마지막 날 밤 엄마가 복귀 전에 맛있는 걸 사주신대서 아내랑 셋이 노량진 수산시장에 갔다. 그날 처음으로 킹크랩을 먹어보았다. 맛있지 않냐며 많이 먹으라고 계속 게를 까주셨다. 사실 부대로 돌아가기가 너무 싫다보니 미각이 상실돼 아무 맛도 느낄 수 없었다. 체할 것만 같은 기분이라 잘 먹히지도 않았다. 엄마는 내가 군대에 간 후 길에서 군인만 보면 수고가 많다며 꼭 인사를 하셨다.

신병 시절 몸이 비리비리하고 일도 잘 못해서 전혀 주목받지 못하고 혼도 많이 났다. 심지어 훈련 때 실수를 해서 분대장에게 얻어맞기도 했다. 군 생활이 점점 꼬여간다고 느낄 때쯤 어떤 병장 한 명이 내무실 창고에서 아주 낡은 포터블 건반(건전지로 작동하는 거의 장난감 수준의 피아노)을 꺼내 "너 작곡과 다닌다며? 한번 쳐봐"라고 했다. 그 무렵 TV에서 〈미안하다, 사랑한다〉라는 드라마가 난리였다. TV를 볼 수 없는 신병이었지만 드라마와 OST가 워낙 화제라 주제가인 박효신의 〈눈의 꽃〉이라는 노래를 매일 들을 수밖에 없어서 무심코 그 곡을 생각나는 대로 쳐보았다. 병장은 신이 나서 노래를 따라 부르며 자기도 피아노를 가르쳐달라고 했다. 내 군 생활에 꽃이 피는 순간이었다. 한 주가 채 지나지 않아 온 부대에 한 번 듣기만 해도 모든 걸 따라 칠 수 있는 피아노 천재가 입대했다는 심하게 과장된 헛소문이 돌았다.

내가 있던 부대는 해안, 강안 경계를 같이 하는 부대들의 연대 본부였다. 그래서 간부들을 태우고 새벽에 해안 소초로 종종 순찰을 가곤 했다. 구형 지프차를 탔는데 순찰 가는 길에 차의 소리가 안 좋았다. 간부님이 소초에 내려서 일을 보는 동안 배운 대로 셀프 정비를 하려고 보닛을 열고 점검하다가 손톱만큼 작은 부품을 떨어뜨렸다. 바닥은 바닷가 모래사장. 그 새벽에 말 그대로 모래사장에서 바늘을 찾아야 하는 상황이었다. 한참을 뒤져도 결국 찾지 못했고 날이 밝아올 즈음 수송부에서 정비 트럭이 와 고쳐주었다. 내가 쳤던 가장 큰 사고였다.

운이 좋게 인품이 훌륭하신 연대장님을 모시고 다니는 1호차 운전병이 되었다. 군 생활의 절반은 그분과 함께 차 안과 주차장에서 보냈다. 보통 1호차 운전병은 포상휴가를 잘 받는 편인데 연대장님은 다른 병사들보다 내가 훨씬 편한 거라며 절대로 추가 휴가증을 주시지 않았다. 나는 최선을 다했지만 길치라서 고생을 다소 했다. 차에는 내비게이션이 없어 멀리 갈 때는 미리 지도를 보고 가는 길을 확인해서 가야 했다. 항상 식은 땀이 났고 연대장님도 초행길에는 늘 긴장하시는 듯했다. 언제나 점잖게 대해주셨지만 거의 전역이 다가올 때 딱 한 번 "영배 너는 다 잘하는데 길을 잘 모르는구나" 하면서 웃으셨다.

상병 무렵 휴가를 나왔다가 들어갈 때 친구와 호성이와 호성이의 여자친구, 그리고 아내까지 넷이서 친구 차로 우리 부대 앞까지 바래다주었다. 인사를 나누고 내려서 부대로 들어가려다가 산책 중이시던 연대장님과 마주쳤다. 친구들도 모두 내려서 인사를 드렸는데, 연대장님이 같이 와서 차라도 한잔 마시고 가라며 집으로 초대해주셨다. 부대 입구 바로 옆으로 조금만 올라가면 연대장님 가족분들이 함께 지내시는 관사가 있었다. 관사 마당에서 사모님이 내어주시는 수박과 차를 마시며 이야기를 나누었다. 호성이는 이미 지난해쯤에 군대를 갔다 왔다. 수박을 먹는데 호성이가 수박씨를 너무 서툴게 테이블에다가 툽툽 뱉어서 속으로 이상하게 생각하고 있었다. 자리를 마치고 나와서 들어보니까 사실 이 친구가 수박을 안 먹는다는 것이었다. 몇 년 만에 처음 먹은 것이라고 했다. 생각해보니 수년을 함께하면서 수박 먹는 걸 본 적이 없었다. 그럼 먹지 말지 그랬냐고 하니, 혹시라도 안 좋게 보여서 내 군 생활이 꼬일까봐 열심히 먹었다고 했다.

전역이 다가올수록 마음이 싱숭생숭하고 앞으로 인생을 어떻게 살아야 할지 고민이 많아졌다. 모든 군인이 겪는 과정이었다. 그때 나는 딱 몇 가지만 확실하게 하자고 결심하며 전역했다. 대안이 없으면 우선 주어진 학교 생활을 열심히 하자. 그리고 기다려준 여자친구와 가족들에게 잘하자.

장인어른과
운동화

    초반에는 장인어른이 무척 무뚝뚝하신 성격이라고 생각했다. 결혼 전 아내를 바래다주다가 집 앞에서 우연히 처음 마주쳤을 때도, 정식으로 인사드리러 갔을 때도 긴장해서 그랬는지 장인어른의 한마디 한마디가 조금 무섭기도 했다. 나중에 결혼식 날 하염없이 눈물 흘리시는 모습을 보며, 손녀를 만날 때 환하게 웃으시는 걸 보며 아내의 따뜻하고 사랑 많은 마음이 장모님과 장인어른 두 분 모두를 닮은 것이었음을 알게 되었다. 표정은 무뚝뚝하더라도 집에 과일이 떨어지면 들어오는 길에 꼭 사 오시고, 장모님 요리가 제일 맛있다고 늘 칭찬하는 분이셨다. 또한 나에게는 항상 열심히만 살면 된다고, 아내랑 둘이서 행복하게 살면 된다고 말씀해주시며 언제나 마음의 뿌리를 단단히 내릴 수 있도록 지지대가 되어주는 분이셨다.

그런 장인어른의 몸이 많이 안 좋아지시면서 다리의 근육이 빠지고 걷기조차 힘들어하셨다. 편한 운동화를 찾으시기에 내가 즐겨 신던 뉴발란스 운동화를 권해드렸다. 운 좋게도 그 신발이 딱 편하다고 하셔서 그걸 드렸다. 한참 뒤에 다른 운동화를 또 신어보시다가 이것만 한 게 없더라며 새로 주문해달라고 하셨는데 마침 다 품절이라 살 수가 없었다. 대신 비슷한 다른 걸 사서 드렸지만 편하지 않으신 듯했다.

다윤이는 양가의 첫 손녀라서 우리 엄마, 장인어른과 장모님, 삼촌과 숙모, 작은아빠와 작은엄마의 사랑을 아기 때부터 듬뿍 받았다. 그때 살던 집이 처가랑 아주 가까워서 장인어른과 장모님은 더 자주 뵐 수 있었다. 장모님은 두말할 것도 없이 사랑이 넘치시는 분이다. 언제 찾아가도 제일 맛있는 음식으로 직접 요리해주시고 사랑하는 마음을 표현해주셨다. 장인어른은 다윤이를 만날 때면 표정부터가 달라지셨다. 밝게 웃으며 안아주시고 해달라는 건 다 해주시는, 그야말로 꿀이 뚝뚝 손녀바보 외할아버지셨다. 그래서 다윤이도 외할아버지를 참 좋아했다. 쪼르르 품에 안겨서 "할아버지, 아프지 마세요" 말하곤 했다.

몇 년간의 투병 끝에 장인어른은 하늘나라로 돌아가셨다. 장례를 하고 수목장으로 모시는 동안 다윤이는 사촌들과 철없이 놀다가도 자꾸만 울었다. 할아버지를 다시 볼 수 없다는 게 너무 슬프다고. 그럴 때마다 장모님은 다윤이를 끌어안고 많이 우셨다.

이따금씩 장인어른이 편하다고 하셨던 그 운동화를 팔고 있는 사이트를 보게 된다. 여전히 직구로만 살 수 있지만 그래도 지금은 그 사이즈를 구할 수 있는 곳들이 있다. 그때 더 열심히 찾아봤더라면 사서 드릴 수 있지 않았을까 죄송한 마음이 든다.

긴 글

모든 게 짧아지는 시대다. 온라인 속 영상도 숏폼이 대세라고 한 지 꽤 오래되었고 영화도 러닝타임이 길면 그 자체로 화제가 된다. 화제가 되는 뉘앙스는 대부분 너무 길어서 걱정이라는 식의 부정적인 느낌이다. 대중음악도 짧아졌다. 5분만 넘지 않는다면 별 상관 없는 느낌이었는데, 음원 순위의 시대가 되면서 대중은 3분 30초를 넘으면 잘 듣지 않는다는 이야기가 많이 통용되었고 그 뒤로는 점점 더 짧아지는 추세다. 빌보드 차트의 상위권 곡들 중에도 2분이 넘지 않는 곡이 많다. 2분 이내라고 하면, 예전처럼 기승전결이 뚜렷한 음악은 1절도 채 못 끝내는 시간이다. 벌스와 훅으로 심플하게 구성되는 힙합 스타일의 곡에는 아무 문제도 없긴 하다. 모두가 SNS를 사용하게 된 후로는 글마저 짧아졌다. 오그라든다는 표현이 많이 쓰이고 나서부터 긴 글은 전문적으로 글을 쓰는 작가들의 전유물처럼 느껴지기까지 한다.

　나는 가사를 쓰고, 여러 가지 방법으로 팬분들과 소통하는데 갈수록 사진이나 영상을 올리는 것이 주가 되고 함께 쓰는 글은 짧아지고 있다. 솔직하게 말하자면 몇 년 전부터는 오래전에 써두었던 긴 글들을 볼 때마다 지우고 싶은 생각이 들고 실제로 지운 적도 많다. 기본적으로 쑥스러운 마음이 큰 데다 어떤 건 그때의 속마음이 너무 적나라하게 드러나서, 어떤 건 내가 왜 이런 생각을 하고 글을 썼는지 이해가 안 가서 그랬던 듯하다. 그러다보니 이제 SNS에 글을 올리려고 하면, 쓰기 시작할 때부터 길어지면 안 된다는 강박 같은 게 조금씩 생겼다. 문장 두 개, 한 세 줄만 넘어가도 '아, 이거 너무 긴 거 아닌가?' 하며 줄일 부분이 있는지 찾는다. 도저히 못 줄여서 서너 줄 이상 길게 쓰고는 다음 날

일어나 짧게 수정한 적도 몇 번 있다. 짧은 글은 장점이 많다. 우선 계속 이야기한 것처럼 나중에 다시 봐도 부끄럽지 않을 확률이 높다(물론 딱 한 문장짜리 글도 부끄러울 때는 있다). 그리고 함축적으로 재미있게 잘 쓰면 짧은 글이 눈에 확 들어오고 센스 있게 느껴진다.

에세이를 써보자는 제안을 처음 받았을 때 제일 처음 들었던 걱정이 바로 긴 글에 대한 부담감이었다. 나 자신도 짧아지는 시대에 모든 걸 맞추고 있는데 갑자기 정반대 일에 뛰어들 생각에 겁부터 났다. 게다가 10년이 넘도록 라디오나 방송에서 나의 여러 가지 이야기들을 말해왔기 때문에 새롭게 글로 쓸 내용이 있을지도 걱정이었다. 그럼에도 불구하고 용기를 낸 건, 호기심과 욕심 때문이다. 그것에 눈이 멀어 써보고 안 되면 어떻게든 되겠지 뭐, 하는 심정으로 해보겠다고 했다. 공은 굴러가기 시작했고 나는 그토록 부담이었던 긴 글을 쓰고 있다.

사실 아직 그렇게 많은 양을 적은 것도 아니지만 깨닫는 게 여럿 있다. 가장 크게 느끼는 것은 글쓰기 능력이 퇴화되었다는 것이다. 생각해보니 대학을 졸업하고 이렇게 본격적으로 긴 글을 쓰는 일이 처음이다. 기본적인 문장 구성도 자꾸 틀리고 매끄럽게 써지지가 않아서 쭉 써 내려가기까지 오래 걸리고 틀린 걸 고치는데도 시간이 많이 든다. (만약 책을 읽으며 문장이 좋다고 한 번이라도 느꼈다면 아마도 편집자님의 노고일 것이다.) 이 책을 다 쓰고 나면 글쓰기 능력이 원래대로 돌아올지, 아니면 사실은 기억이 잘 안 나서 그렇지 원래 그 방면으론 재능이 별로 없었는지 알게 될 것 같다. 또 하나 느끼는 건 역시나 오그라든다는 것이다. 아니나 다를까 열심히 적고 다음 날 읽어보면 예외 없이 쑥스럽다. 이거 참 방법이 없나 모르겠다. 진실되게 적으면 적을수록 더욱 그렇다. 하지만 그 가운데서도 제일 많이 느끼는 건, 좋다는 거다. 좋다는 표현을 고민 끝에 골랐다. 설명하기 어렵고 다양한 감정인데 이게 좋다. 머릿속에 아무렇게나 자리 잡은 헝클어지고 잔뜩 늘어난 짐들을 하루에 조금씩 조금씩 깨끗하게 정리해나가는 기분이 든다. 이렇게 앞치마에 두건까지 두르고 엄청난 호들갑을 떨면서 청소하는 것이 조금 부끄럽지만, 깔끔하게 정리된 모습을 보면서 뿌듯해하는 그런 심정이랄까. 그리고 소중한 것들을 마음속에 다시 한번 새기게 된다. 원고를 쓰면서 가족들에게는 절대 보여주지 않고 나 홀로 비밀리에 쓰고 있는데, 이렇게 가족들 이야기를 다룬 뒤엔 내 마음에 사랑이 커져서 벅차오른다. 가족들을 애정 가득한 눈으로 바라보게 된다. 그 마음은 없었던 게 아닌데, 긴 글을 씀으로써 잘 닦아 마음속 잘 보이는 곳, 있어야 할 곳에 배치하게 되는 것이다.

이 글과 마음이 사람들에게 어떻게 읽히게 될지 모르겠고 자신도 없다. 다만 지금 느끼고 있는 마음 그대로 계속 써나가려 할 뿐이다. 내가 보여주고 싶은 모습으로 보이기 위해 꾸미는 것 말고, 솔직하고 덤덤하게 내 인생 가장 긴 글을 적어보고 있다. 마음이 전해지길 바라며.

라 디 오 는

세 월 을 싣 고

나의 세대를 표현하는 다양한 것들이 있다.

일단 내가 초등학교를 다닐 때 국민학교에서 초등학교로 이름이 바뀌었다. 02 학번인 나는 대학교 1학년 때 전설의 2002 한일 월드컵을 경험하기도 했다. 집전화부터 공중전화, 삐삐, 시티폰, PCS폰, 스마트폰을 다 체험해본 세대다. 또한 서태지와 아이들로 시작해 H.O.T, 젝스키스 등 우리나라 1세대 아이돌의 태동을 직접 보기도 했다. 모뎀을 이용한 PC통신이 인터넷 세상으로 바뀌는 것도 바로 우리 세대의 일이다.

이 모든 것들이 특별하지만, 내가 느끼는 나의 세대를 진정 대표하는 것은 바로 라디오다. 다른 즐길 거리가 요즘처럼 많지 않았던 그때, 음악을 좋아하는 사람들은 라디오를 참 많이 들었다. (여기까지 쓰다가 다시 한번 앞을 쭉 읽어보았는데 너무 드라마 〈응답하라〉 시리즈처럼 보이는 것 같지만 실제로 그랬다.) 원래 좋아하던 노래를 내가 좋아하는 DJ가 틀어주었을 때의 기쁨, 모르는 노래가 나왔는데 너무 좋아서 새로 빠져들게 되는 기쁨…. 진짜 최고였다. 좋아하는 책이나 만화책을 보며 누워서 라디오를 듣는 것도 즐거웠고, 듣다가 밤이 되어 스르륵 잠드는 것도 행복했다. 새벽에 라디오가 켜져 있어서 끄려고 깨면 항상 낯선 팝이나 클래식이 나오고 있었던 낭만적인 기억도 난다.

이문세, 유영석, 윤상, 유희열, 이적, 김동률, 윤도현, 신해철 등 라디오 스타도 많았다. 음악도 잘하면서 라디오에서 흥미로운 이야기까지 들려주는 그들의 모습을 그때부터 동경하며 꿈꾸게 되었다. 방음 처리가 된 크지도 작지도 않은 방에서 헤드폰을 쓰고, 작가님들이 만들어준 대본을 보며 선곡된 음악을 추천하는 모습이 나의 판타지였다. 언젠가 뮤지션이 된다면 나도 저기에 나갈 수 있지 않을까, 게스트가 되어서 저 DJ들과 이야기를 나눌 수 있지 않을까, 더 나중에 DJ가 된다면 어느 시간대가 좋을까 혼자 상상도 많이 했다.

밴드를 만들고 활동을 시작할 때까지만 해도, 예전 같지는 않지만 아직 라디오의 힘이 대단할 때였다. 인디음악의 부흥에는 라디오에서의 활발한 선곡도 큰 영향이 있었고, 밴드나 싱어송라이터들이 라디오에 등장하기도 했다. 그때 KBS 라디오에서 연락이 왔다. 놀랍게도 배우 최강희 누나가 진행하는 〈야간비행〉이라는 프로그램에서 주말 고정 게스트를 해달라는 섭외였다. 기타리스트 조정치 형이 내가 무대에서 관객들에게 하는 멘트가 재미있었다며 그때 연출이던 곰 PD님께 추천했다고 한참 후에 들었다. 최강희 누나는 정말로 좋은 DJ였고, 아무것도 모르는 나를 무척 잘 이끌어주었다. 스태프분들과도 친해져서 훗날 결혼식과 더불어(최강희 누나의 빅팬인 내 친구가 나보다 더 행복해했다) 합정동 집들이까지 와주었다. 즐겁게 방송이 만들어지니 당연히 재미있었고 그러다보니 감사하게도 차례차례 다른 프로그램에서 연락이 왔다. 덕분에 신인 밴드의 보컬인 내가 방송 3사를 매주 돌아다니게 되었다.

그렇게 10년 가까운 시간 동안 라디오 게스트 활동을 했다. 중간에 발매나 공연 때문에 쉰 기간은 있지만 꾸준히 했다. 여기서 한 명 한 명 이름을 다 적기 어려울 정도로 소중하고 행복한 인연을 많이 만났고(쓰다보니 고마운 사람들이 무수히 떠오른다), 여러 분들께 나의 목소리와 존재를 알릴 수 있었다. 제작진분들도 한 다리 건너면 모두 알 정도로 많이 뵈었다. 예전에 가장 막내였던 작가님이 지금은 메인 작가님이 되어 있기도 하고 신입 작가님들이나 PD님들은 나한테 선배님이라고 부르기도 한다. 그러는 사이 세상에는 훨씬 자극적이고 재미있는 것들이 수없이 생겼고 사람들은 예전처럼 라디오를 많이 듣지는 않는 것 같다.

지금도 나와 함께하는 수식어는 '라디오계의 유재석'이다. 사실 이 수식어가 붙는 사람은 그간 계속 바뀌어왔다. 당시 게스트로 가장 활발히 활동하는 사람에게

붙은 수식어가 나한테까지 온 것이다. 내가 예전처럼 많은 프로그램을 하지 않았을 때쯤 누군가 나같이 활동했다면 그 사람에게 수식어가 넘어갔을 텐데 아마도 그 흐름이 그친 듯하다. 이 영광스러운 수식어(유재석 형님 본인도 알고 계신다. 초대형 영광이다)는 어쩌면 내가 마지막일지도 모른다. 은근히 욕심이 난다.

현재 MBC 라디오에서 일주일에 한 번씩 하는 〈스포왕 고영배〉라는 프로그램의 DJ를 맡고 있다. 어릴 때처럼 환상과 판타지는 없지만 부스에 앉아 제작진과 상의하고 게스트와 대화하는 일이, 청취자분들의 사연을 소개하고 이런저런 이야기를 나누는 일이 참 행복하다. 예전 같지 않다고는 하지만 라디오를 즐겨 듣고 사랑하는 사람은 여전히 너무나 많다.

나와 라디오는 앞으로 어떻게 될까.

고란의 소영배

코로나가 퍼져나가면서 우리가 해오던 공연을 할
수 없게 되었다. 처음 공연이 미뤄지기 시작할 때는 '이
러다 말겠지' 하는 정도였지만, 기대와 달리 상황은 점
점 더 안 좋아졌다. 미뤄졌던 공연이 또 미뤄지고 마침
내 전부 취소되기에 이르렀다. 우리 콘서트도 당연히
마찬가지였고 봄에 하던 소극장 공연도, 여름 콘서트도
모두 취소되었다. 두 공연 다 어떻게 될지 모르는 상황
에서 무대에 오를 수 있도록 합주까지 마쳤었다. 기다
리던 팬분들은 물론 우리 역시 너무도 아쉬웠지만 방법
이 없었다. 사실 이때 공연계의 모든 사람들은 매일매

일이 대충격의 연속이었다. 나만 해도 날마다 회사에서 연락이 오는데, 그 대부분이 공연이나 일정이 취소되었다는 소식이었다. 팬데믹이 생각보다 빨리 끝날 수도 있다며 그나마 새로 잡혔던 공연도 취소, 결국 몇 달 뒤 출연을 논의 중이던 페스티벌까지 모조리 취소되었다.

그즈음 공연계뿐 아니라 모두가 집에 머물게 되면서 게임이나 인터넷 방송처럼 집에서 즐길 수 있는 것들이 각광을 받았다. 나는 원래도 유행에 잘 스며들뿐더러 갑자기 역대급으로 시간이 많아진 탓에 자연스럽게 유튜브를 통해 그런 문화에 눈을 떴다.

처음에 깜짝 놀랐던 것은 어릴 때부터 좋아했지만 제대로 끝까지 즐겨본 적은 없었던 〈슈퍼마리오〉라는 게임을 잘하는 유튜버가 있다는 사실이었다. 엄청난 플레이타임을 통해 다져진 실력으로 어려운 스테이지를 클리어하기도 하고, 온라인으로 다른 사람들과 경쟁하는 모습을 방송하기도 했다. 이미 그 유튜버를 좋아하는 사람들이 많았고 나도 무척 재미있었다. 그리고 스트리밍이라고 하는 인터넷 생방송과 편집 영상으로 시청자들과 즐거운 시간을 보내는 침착맨님 같은 채널을 보면서 나도 해보고 싶다는 생각이 들었다.

〈고란의 소영배〉라는 이름으로 오래전에 만들어 놓고 가끔씩 영상을 올리던 유튜브 채널과 생방송을 하는 트위치 채널을 이용해 나도 생방송을 시작하기로 했다. 공연이 취소된 아쉬움을 달래보고자 멤버들과 공연하는 생방송을 하기도 하고, 방송을 켜고 노래 만드는 작업을 해보기도 하고, 〈슈퍼마리오〉 게임도 했다. 확실히 나는 누가 지켜봐야 성실하게 해내는 스타일인지 처음으로 게임의 마지막 스테이지까지 클리어하는 기쁨을 맛보기도 했다. 그 무렵 이 시기와 딱 맞물려 〈동물의 숲〉이라는 게임이 큰 화제였다. 나도 방송을 통해서 해보았는데, 힐링 게임이라는 별명처럼 나와 방송을 보는 팬분들 모두 느긋하게 힐링을 즐길 수 있었다. 한번 시작했다 하면 시간 가는 줄 모르고 4~5시간을 연속으로 플레이하곤 했다. 스케줄이 없다보니 전혀 무리가 되지 않았다. 그렇게 게임도 하고, 재밌는 이야기도 나누고 생방송과 유튜브 채널을 운영하며 비대면 시기를 보냈다.

생각보다 긴 시간이 흐르고 나서야 공연이 정상화되었다. 우리 밴드 소란도 음반 발매와 공연으로 다시 바빠졌다. 하지만 생방송과 유튜브는 해오던 대로 계속 열심히 운영하고 있다. 편집자분들까지 고용해서 영상을 올린다. 앞으로 개인 채널이 중요하고 필요하다는 생각도 물론 가지고 있지만, 그런 계획만으로 운영하기에는 현실적인 노력과 비용이 많이 드는 일이다. 그럼에도 불구하고 지속하는 가장 큰 이유는 유대감을 느끼기 때문이다. 더 솔직하게 말해서 일로만 생각했다면 게으른 나는 아마 진작에 멈췄을 것이다. 무대 위에서 생생히 느껴지는 함성도 물론 좋지만 이에 못지않게 댓글로 보이는 이야기들도 좋다. 나도 공연이나 스케줄을 마치고 느꼈던 점을 자세히 나누고 팬분들도 소감과 응원을 전해준다. 집에서 가족들과 있었던 사소한 일들, 맛있게 먹었던 음식도 자유롭게 이야기한다. 내가 추천한 맛집에 다녀왔다는 팬분들의 소감을 보는 것이 즐겁다. 사랑은 아끼지 않고 표현할수록 좋다고 늘 생각하는데 그런 마음이 여기에도 있다.

　　대단한 규모의 채널도 아니고, 언제까지 하게 될지도 모르겠지만…. 해보기를 참 잘했다.

PART 3

고마워
예쁘게 웃으며 얘기해줘서

다윤아, 사실은 엄마 말이 맞아

말을 잘하는 첫째 딸 다윤이는 커가면서 질문이 많아졌다. 최근 가장 충격적이었던 질문은 혹시 산타가 아빠 아니냐는 것이었다. (먼 훗날 기억하기 위해 적어놓는 메모-2023년 5월 그녀의 나이 10살 때의 일이다.) 학교 가기 전에 기분 좋으라고 책상에 선물이랑 짧은 쪽지를 써놓았던 적이 있었는데, 마침 그걸 받은 날 우연히 서랍을 보다가 지난 크리스마스 때 산타에게 받은 엽서가 나왔고, 글씨체가 똑같다는 사실을 발견해버린 것이다. 아빠 글씨를 따라 하는 것 정도는 산타 할아버지한테 너무 쉬운 일이라고 급히 둘러댔지만 왜 아빠 글씨를 따라 하는지 마땅한 이유가 없기 때문에 의아해하는 듯했다. 언제쯤 알려줘야 할까. 욕심이겠지만 가능한 한 오랫동안 동심을 지켜주고 싶다.

하루는 다윤이가 아내랑 둘이 있을 때, 엄마 아빠는 어떻게 만나서 결혼하게 되었는지를 물어보았다고 한다. 아내는 다윤이에게 꽤 자세한 연애 이야기를 들려주었다.

우리가 처음 만난 건 내가 21살, 아내가 22살 때 함께 다니던 교회에서였다. 수련회에 서기 위해 만들어진 찬양팀에서 나는 드럼을 연주했고 아내는 마이크 잡고 노래를 불렀다. 둘 다 꽤 오래 다닌 교회였는데 이상할 정도로 서로를 잘 몰랐다. 연습을 하는 날 아내는 하얀색 셔츠에 청바지를 입고 있었다. 170센티미터 정도나 되는 큰 키에 긴 생머리, 단추를 다 잠근 깔끔한 피케 셔츠가 잘 어울리는 모습에 반해버리고 말았다. 그 뒤 아내에 대해 하나씩 알아갈수록 모든 점이 좋았다. 무언가 새로 알게 될 때마다 너무 좋아서 충격이었다. 내가 왜 이런 사람을 여태 몰랐지? 친절하고 따뜻한 성격에 끌렸고 내성적인 듯 보이지만 은근히 개그 욕심이 있는 점도 참 마음에 들었다.

그때부터 조금씩 적극적으로 아내에게 다가갔다. 말도 많이 걸고 웃기려고 자꾸 까불었다. 찬양팀이 동그랗게 모여서 기도할 때 옆 사람과 손을 잡고 하기 때문에 아주 자연스럽게 아내의 바로 옆자리를 사수했다. 지금 생각해도 다른 사람들은 물론 심지어 아내조차 느끼지 못할 정도로 자연스러운 독보적인 자리 차지 기술이었다. 그리고 당시 마침 운 좋게도 나에게 차가 있었다. 연습이 끝나면 인류애 가득한 드라이버의 모습으로 되도록 모두를 태워서 집에 바래다주었다. 단 마지막에는 항상 합정동에 사는 아내를 내려주는 방법으로 어필했다. 누구라도 조금만 생각하면 알 수 있는 합리적인 동선을 굳이 마다하고 매번 다른 사람 집을 다 들른 후 아내를 마지막에 내려주려 억지를 쓰니까 솔직히 이때는 다들 뭔가 이상하다 싶었을 것 같다.

그렇게 차츰 친해지다가 수련회를 다녀왔고 드디어 나는 데이트 신청을 하기로 했다. 그때만 해도 누나 동생 관계였기 때문에 "누나, 저 밥 사주시면 안 돼요?"

하는 식으로 약속을 잡았다. 처음으로 둘이 따로 먹은 밥이라서 아직도 기억이 생생하다. 여의도역 쪽에 있는 스파게띠아. 단둘이 식사하며 이야기를 나누어도 분위기가 어색해지거나 마가 뜨는 순간이 없었다. 서로 계속 말하고 계속 웃었다. 말이 잘 통하고 웃음 코드가 같은 건 지금도 여전하다. 그러고는 집에 바래다주면서 밥은 누나가 샀으니까 내가 영화를 보여주겠다며 다음 약속을 바로 잡았다. 두 번째로 둘이서 보는 날은 영화 보고 밥도 먹었다. 연락을 점점 자주 길게 했다. 밤늦게 까지 통화도 많이 했다. 만나서 이야기를 잔뜩 해도 전화를 끊을 수 없을 정도로 할 이야기가 또 생겼다. 그렇게 점차 가까워졌고 서로 좋아한다는 확신이 생겼다.

그런데 문제가 있었다. 나는 이미 21살 때 군대를 가려고 휴학한 상태였다. 이렇게 21살을 보낸다고 해도 다음 해에는 꼭 군대를 가야 하는 상황이었던 것이다. 고백해서 사귀게 되더라도 1년쯤 뒤에는 떠나야 했다. 우리 모두 이 사실을 잘 알았기에 쉽사리 결정 내리지 못한 채 머뭇거리고 있었다. 하지만 만나고 알아갈수록 마음이 깊어져 참을 수가 없었다. 상황이 어찌 된다 해도 이 마음을 전하고 사귀고 싶은 이기적인 욕심이 자꾸만 커졌다. 서로 말을 꺼내지 못하는 얼마간의 날들을 보낸 뒤 결국 내가 고백을 했다. 망설이는 그녀에게 할 수 있는 모든 설득을 다 했다. 하루만으로는 설득이 안 돼서 총 3일여에 걸친 긴 시간이 걸렸다. 내용은 내가 얼마나 괜찮은 사람인지(아직까지 다 보여주지 못한 인성과 매력의 퍼텐셜에 대해서), 연애를 시작하면 내가 얼마나 행복하게 해줄 것인지, 우리가 얼마나 잘 어울리는지 등 전방위적인 것들이었다. 아내도 이미 나를 좋아하는 마음은 있지만 망설이던 차에 고맙게도 설득에 넘어와주었다. 아내 집 근처에 주차해두고 설득을 거듭하던 끝에 결국 마음을 열어준 순간, 내가 엄청 호기롭게 "결정하면 내 손 잡아줘. 잡으면 우리 지금부터 사귀는 거야!"라고 했다. 드라마의 엔딩 장면처럼 아내가 내 손을 잡았고 우리는 깔깔 웃으며 차에서 나와 처음으로 손잡고 한강을 산책했다.

이러한 내용이 아내가 다윤이에게 설명해준 우리의 러브 스토리였다.

그날 저녁 다윤이가 화제를 다시 꺼냈을 때, 나는 손사래를 치면서 내 입장에서 이야기를 들려주었다. 길게 늘어놨지만 말하자면 사실은 엄마가 아빠를 더 많이 좋아했다는 것이었다.

"아빠가 데이트 신청하게 만들려고 엄마가 막 티내면서 유도한 거야. 아빠가 센스 있게 눈치채고 맞춰서 해준 거지~"

다윤이는 고개를 갸우뚱하면서 누구 말이 맞는지 계속 물었고, 아내는 왜 거짓말을 하느냐며 노발대발 난리가 났다. 엄마의 반응을 본 다윤이가 다시 물었다.

"아빠~ 아빠가 거짓말한 거지?"

몇 번을 더 장난치다가 아주 작게 말해주었다.

"다윤아, 사실은 엄마 말이 맞아."

몇 번이고

표현해주고 싶어

긴 설득 끝에 연애를 시작하고 우리는 더 큰 사랑에 빠졌다. 연애 전 썸 기간의 마음이 불안과 궁금함, 그리고 그걸 다 덮어버리는 설렘으로 가득했다면, 연애를 시작하고 나서는 매일이 새로운 꽃밭 같았다. 사귀어보니까 아내는 더 아름다운 사람이었다. 예쁘고 선하고 잘 웃고 항상 감사하며 사는 사람. 매일 만나도 매일 더 궁금한 사람이었다. 심지어 군대 문제가 있는데도 결심하고 시작한 연애인 만큼 잘해주고 싶은 마음이 폭발했다.

21살의 작곡과 휴학생. 아무것도 몰랐던 시기지만 나에게는 세 가지가 있었다. 무한한 시간, 아르바이트로 버는 돈, 그리고 자동차(아반떼XD 은색. 지금은 정말 보기 힘든 차인데 가끔 길에서 마주치면 아련해진다). 나는 이 모든 것을 그녀와의 연애에 썼다. 아내는 그때 학교를 다니고 있었고 나도 아르바이트를 했지만 우리는 거의 매일 만났다. 방법은 아내가 어디를 갈 때마다 데려다주면 된다. 아침에 학교 갈 때 데려다주고, 끝나면 다시 만나 아내가 가야 할 곳에 내려줬다가, 저녁에 만나서 데이트. 이렇게 하루에 세 번을 만나는 날도 있었다. 만날 때마다 아주 작은 선물이라도 들고 나가서 전해주고 좋아하는 아내의 모습을 보는 게 참 행복했다. 당시 나는 여의도의 한 카페 겸 이탤리언 레스토랑에서 오전 아르바이트를 하고 있었다. 일찍 나가야 하는 데다 점심 시간이 몹시 바빠서 조금 힘들기는 했지만 시급이 다른 아르바이트보다 센 편이라 군대 가기 전까지 열심히 일했다. 레슨도 조금씩 하고 있어서 한 달에 거의 100만 원 가까운 돈을 벌었다. 이때가 2003년도였으니까 휴학생에게는 결코 적은 돈이 아니었다. 물론 용돈을 따로 받지는 않은 터라 거기서 충당해야 했지만 나머지는 버는 대로 데이트와 선물에 기쁘게 쏟아부었다. 아직 맛집을 찾아다니는 문화가 없었을 때여서 주차가 가능한 데다 우리가 생각할 수 있는 제일 멋진 곳이었던 패밀리 레스토랑에도 자주 가고(이탈리언 레스토랑에서 일했기 때문에 주문도 능숙하고 매너 좋은 모습을 뽐낼 수 있다고 생각했던 것 같다), 영화도 많이 보고, 좋다는 곳에 데이트도 많이 갔다.

긴 설득 끝에 연애를 시작하기로 결정한 날, 우리는 한 가지 합의를 했다. 그럼 언제부터 사귀 거냐는 질문에 고민하다가 이미 며칠 지나긴 했지만 9월 17일부터 사귄 걸로 하면 크리스마스가 100일이 되니 그렇게 하자고 정한 것이다. 심지어 아내의 생일도 12월 25일이다. 2003년 12월 25일은 크리스마스이자, 아내의 스물두 번째 생일이자, 우리의 100일 기념일이었다. 이 일생일대의 이벤트를 대충 보낼 수는 없었다. 정성을 담아 장미꽃 100송이를 접어서 꽃바구니를 만들고, 식당과 분위기 좋은 카페를 예약하고, 멋진 케이크와 선물도 미리 준비하고, 그날 같이 만들려고 이제까지 찍은 사진들을 인화하고 앨범도 준비했다. 아내는 고마움을 무척 잘 표현해주는 사람이다. 어떻게 이걸 다 준비했느냐며 놀라고 기뻐해주면서, 마찬가지로 소중하게 준비한 100일 겸 크리스마스 선물을 주었다. 내 평생 가장 화려하고 아름다운 크리스마스였다.

그렇게 내가 군대에 가기 전까지 1년 내내 우리는 서로를 뜨겁게 좋아하고 그만큼 표현하고 노력했다.

'그럴 수도 있지' 하며 사는 게 좋다고 생각하지만 살면서 꾸준히 듣게 되고 아무리 들어도 익숙해지지 않는, 내가 싫어하는 농담이 몇 가지 있다. 그중 하나는 바로 이것이다.

"야, 너 누구 만난다며? 좋냐?? 처음에 너무 잘해주지 마~ 처음부터 그러면 나중에 고생한다~"

이걸 따지려 들면 보통 호르몬 이야기까지 나온다. 사랑과 애정도 호르몬 때문에 생기는 일종의 화학작용이라 시간이 지나면 누구나 처음에 뜨거웠던 마음이 식는다. 뜨거울 때 좋다고 지나치게 잘해주면 호르몬 때문에 그 마음이 어쩔 수 없이 줄어들었을 때 그만큼 못 해줘서 오히려 변했다는 소리만 듣게 된다는 것이다. 아마 누구라도 주변이나 혹은 미디어에서 이런 내용을 들어봤을 것이라고 생각한다. (비슷하게 싫은 농담의 예로 "야, 결혼하게? 너 잘 생각해봐~ 아이고, 너도 이제 끝났네" 등이 있다.) 이 말이 사실이고 아니고를 떠나서 나는 그냥 너무 아깝다. 샘솟듯이 솟아나는 좋아하는 마음은 표현할수록 나와 상대방 안에 행복으로 저장된다. 이 행복은 기억과는 달리 변질되거나 사라지지도 않고 다른 사람을 향한 사랑으로, 나의 자존감으로 영원히 마음속에 머무른다. 아침에 만나서 밤새 보고 싶었다고 말해주고, 상대에게 나도 그랬다는 이야기를 듣는다면 그 하루는 얼마나 풍성하고 예쁠까.

살면서 아껴야 하는 것들이 무척 많다. 아끼지 않았다가 나중에 후회하는 일들도 많다. 그런데 사랑을 표현하는 것만큼은 반대다. 아낄수록 나중에 후회한다. 마음이 움직일 때마다 표현해주고, 굳이 말로 마음을 전하고, 눈이 마주칠 때마다 안아준다면 서로에게 평생 가는 응원으로 쌓인다고 믿는다.

우리 부부도 그때와 지금은 다르다. 같이 사니까 밖에 나가는 데이트가 줄어들고 선물도 기념일에만 챙긴다. 아이들 돌보느라 서로에게 소홀하고 서운하게 대할 때도 있다. 가끔은 웃으면서 "처음 사귈 때 1년 반짝 잘해서 그걸로 평생 살지~"라는 말도 한다. 나는 그게 자연스럽고 좋다. 왜냐하면 우리 마음속에 그때의 마음과 표현이 그대로 간직되어 있기 때문이다.

아끼지 말아야 한다. 아껴주고 싶은 마음까지도.

구름의
그림자 위에

인생이라는 긴 여행길에서, 결혼을 하고 한 가정을 이룬다는 건 지금까지의 삶이 송두리째 바뀌고 새로운 국면을 맞는 중요한 순간이다. 그래서 누구나 결혼을 준비할 때부터 예식, 신혼여행까지 신경을 많이 쓰게 되고, 나에게도 그 과정들이 삶의 반짝이는 한 페이지로 늘 기억에 남아 있다. 이 중요한 순간들에 무엇이라도 잘못되면 그것만큼 아쉬운 일도 없을 텐데 다행히도 다 무사히 잘 치렀다. 특히 걱정을 많이 했던 신혼여행. 감사하게도 평생 잊지 못할 아름다운 추억으로 남아 그 소중한 순간을 떠올릴 때마다 행복해진다.

결혼식을 마치고 인천공항 근처 호텔로 왔다. 다음 날 아침 일찍 비행기를 타야 하는 일정인 데다 신혼집은 아직 완전히 정리가 되어 있지 않았다. 웨딩카로 호텔까지 데려다준 친구들과 사진 찍고 놀다가 보낸 후 둘만 남게 되자 하루 종일 잊고 있던 현실감이 조금 돌아왔다. 이제 우리는 수많은 사람들 앞에서 맹세한 부부로서 오늘부터 살아가게 된다. 설레고 벅차고 조금은 두렵기도 했다.

은행에 들르고, 저녁을 먹고(은행 때문에 간 공항에서 저녁을 먹었다. 멋있게 호텔에서 먹을걸), 방에 들어와서 씻었다. 아내의 머리를 고정하고 있던 무수히 많은 실핀이 쏟아져나왔다. 새벽에 숍에서 그토록 오래 걸린 이유가 있었다. 린스로 스프레이를 녹이고 메이크업도 한참을 걸려서 지웠다. 결혼식이 어땠는지, 식사가 조금 부족했다는데 왜 그리된 건지, 멤버들과 정열이 축가가 어땠는지, 고마운 사람들이 얼마나 많은지 밤새 떠들 이야기가 많았지만 몹시 피곤했기 때문에 둘 다 금방 잠이 들었다.

호텔에서 공항으로 가는 셔틀 중 제일 일찍 출발하는 걸 탔다. 너무 이른 새벽이라 공항에는 사람이 별로 없었고 가게들은 닫거나 한산했다. 우리가 타야 할 항공사 카운터에도 아무도 없었다. 새벽 공항의 서늘한 공기만 가득했다. 아내는 어제부터 계속 그렇게 일찍 출발하지 않아도 된다고 말했지만 나는 조바심이 나서 견딜 수가 없었다. 이 신혼여행이 첫 해외여행이었던 데다, 예식의 많은 부분을 담당해서 준비한 아내 대신 여행만큼은 내가 직접 준비했기 때문이다.

　　당시 나는 자칭 몰디브 박사였다. 알아보면 알아볼수록 이 여행지의 매력이 정말 많았다. 각 섬이 리조트로 이루어진 나라. 섬마다 특징이 다르고, 장단점이 다르고, 가격도 다르다. 아직도 기억하는 기본 상식을 조금 공개하자면, 우리가 TV를 통해서 접하는 몰디브 하면 떠오르는 에메랄드빛 청량한 바다, 이게 바로 라군이다. 얕은 바다 아래 산호가 죽어서 가루가 되어 있기 때문에 빛을 반사해 그런 아름다운 색이 난다고 한다. 정말 황홀한 광경이지만 말 그대로 산호가 죽은 것이라 정작 바닷속에는 아무것도 없다. 반면 밖에서 봤을 때

색이 거뭇거뭇하고 라군처럼 예쁘지 않은 바다는 그 속에 살아 있는 산호와 물고기가 많이 있어 스노클링만으로도 아름다운 장면을 볼 수 있다. 이걸 수중 환경이 좋다고 한다. 몰디브의 리조트를 고를 때 가장 기본적으로 고려해야 하는 부분 중 하나가 아름다운 라군이 잘되어 있는 곳인지 아니면 수중 환경이 멋진 곳인지 선택하는 것이다. 지금 이걸 적으면서도 내 기억 속 몰디브 지식이 여전히 살아 꿈틀대는 게 조금 놀랍다. 정말 열정적으로 공부했던 것 같다. 이렇게 열심히 알아보고 출발하는 생애 첫 해외여행. 게다가 사랑하는 사람과 떠나는 신혼여행이라 도저히 호들갑을 떨지 않을 수 없었다.

누구보다 빠르게 체크인하고 짐을 맡긴 뒤 면세점을 구경했다. 느긋한 마음으로 한껏 구경을 하고, 뭘 좀 먹고 하며 돌아다녀도 시간이 남았다. 아내는 그것 보라며 이렇게 빨리 올 필요가 없었다고 한소리 하면서도 같이 들떠 있었다. 우리가 탄 비행기는 정규 편성된 항공편은 아니었다. 그때쯤 신혼부부들이 몰디브로 가는 수요가 워낙 많으니 대한항공에서 기간 한정으로 운영하는 전세기였다. 비행기 한 대에 신혼부부만 가득했다. 처음 타보는 국제선 비행기에 친절한 서비스, 기내식 등 약 9시간이 넘는 비행에 나는 한숨도 잘 수 없었다. 옆에서 잠든 아내를 보며 역시 해외여행을 해봐서 여유가 있구나 생각했다.

도착할 시간이 가까워질 무렵 창밖으로 말도 안 되는 인도양의 넓은 바다가 펼쳐졌다. 높은 곳에서 바라본 바다가 무척이나 신기해 절로 빠져들었다. 물결의 움직임이 보이지는 않았고 쪼글쪼글 무늬처럼 드리워져 있었다. 일부러 아름답게 그리거나 만들어놓은 모형 같아 보였다. 햇살이 부딪치는 곳을 중심으로 빛이 퍼져나갔다. 아무리 바라봐도 질리지 않는 풍경이었다. 우리가 날고 있는 비행기보다 아래쪽으로는 멀리 조각구름들이 보였다. 끝이 없는 바다 위에 떠 있는 구름, 그 위에 비행기가 날고 있었다. 그리고 거짓말처럼 그 구름 아래 바다에만 어둡고 예쁜 그늘이 져 있었다. 구름이 태양을 가리면 그늘이 지는 건 너무나 당연한 이치지만 새삼 당연하지가 않게 느껴졌다. 아, 그늘이 진짜로 구름의 그림자였구나. 저 멀리 어딘가의 구름 아래에서는 비도 오고 있겠지(실제로 몰디브에 머무를 때 멀리 다른 섬 쪽에만 스콜이 오는 걸 보기도 했다). 아내와 같이 바라보며 참으로 신기하고 행복해서 여행이 끝나고도 이 순간이 오랫동안 기억에 많이 남았다. 그런 경우가 흔하지 않은데, 이 마음을 꼭 노래로 담아두고 싶어서 2집의 〈구름의 그림자 위에〉를 만들었다. 이후로 비행기에 타서 바다 위를 날 때면 늘 밖을 보지만 아직까지 그 순간만큼 완벽한 바다와 구름의 그림자를 보지는 못했다. 아이들이 조금 더 크면 다 함께 몰디브에 한 번 더 가보는 것이 우리 가족의 꿈인데 그때 또 볼 수 있을까?

9시간이 넘게 날아 비행기는 드디어 몰디브에 도착했다.

너무 많이 검색해보고 가서 그런지 그 섬과 리조트 자체가 커다란 연예인처럼 보였다. 체크인할 때 주는 웰컴드링크까지 내가 봤던 사진과 같았다. 그런데도 그곳은 정말 너무나도 아름다웠고 어느 방향을 둘러보아도 낙원이었다. 그토록 궁금했던 바다 위 워터빌라에 짐을 풀고 구경을 했다.

방 안에서는 끝없는 바다가 보이고 파도 소리가 들려왔다. 아름답다 못해 조금 무서울 정도였다. 언제든 테라스 계단을 통해 바다로 들어갈 수 있게 되어 있지만 이쪽은 그야말로 그냥 얕은 바다에 아무것도 없는 포인트라서 수영할 때 이용하고, 스노클링으로 수중 환경을 구경하려면 메인 비치 쪽에 가는 게 좋다는 사실도 이미 숙지되어 있었다. 식사도 리조트의 레스토랑에서 제공하기 때문에 이 섬 안에서 먹고 마시고 돌아다니면서 놀면 되는 그런 곳이었다.

그 시절 이 앨범들을 한창 좋아하기도 했고, 워낙 휴양지와 잘 어울리기도 해서 잭 존슨(Jack Johnson)의 'In Between Dreams'라는 앨범과 킹스 오브 컨비니언스(Kings of Convenience)의 'Declaration of Dependence' 앨범 두 개를 방 안에 틀어두었다. 처음에는 그저 음악이 흐르니 좋아서 별생각 없이 그렇게 한 것이었는데, 듣다보니 풍경과 무드에 딱 어울려서 머무르는 내내 두 앨범만 계속 틀었다.

이 음악들의 나른함과 부드러움이 낙원의 여백을 가득 채웠다. 귓가에 스치는 음악을 그대로 느끼면서 침대에 누워 밖을 바라보며 한참을 가만히 있어도 좋았다. 큰 의도를 가지고 두 앨범만 틀어둔 건 아니었는데 두고두고 잘한 일이었다. 여행 내내 그 앨범만 들으니 수도 없이 반복 재생되었고 몰디브의 모든 기억에 곡들이 완전히 스며들었다. 어릴 때 귀가 닳도록 들은 노래를 오랜만에 들으면 그때의 냄새까지 기억나는 것처럼, 10년이 지난 지금도 두 앨범을 들으면 몰디브 바다가 떠오른다. 신혼여행 시절 서툰 우리의 속삭임이 음악과 함께 들려온다. 글을 쓰는 지금도 〈Boat Behind〉라는 곡을 일부러 틀어놓았다. 뜨거운 나무 데크 아래 작은 상어와 물고기 떼가 헤엄치던 바다가 생각난다. 정말 좋다.

아내와 나 둘 다 스노클링은 처음이었다. 물 위에서 스노클링 마스크를 끼고 바로 아래 아름다운 산호와 물고기를 구경하는데, 워낙 수중 환경이 아름다운 곳이라 스쿠버 다이빙을 해야 볼까 말까 한 아름다운 바닷속을 스노클링만으로 볼 수 있다는 게 몰디브의 장점이다. 드디어 수영복을 입고 스노클링하기 좋다는 곳으로 이동했다. 듣던 대로 말도 안 될 만큼 환상적인 바닷속 풍경이 펼쳐졌다.

거기서 조금씩 바깥쪽으로 나가다보면 리프라고

하는 수중 절벽을 볼 수 있다. 갑자기 물이 엄청나게 깊어지는 절벽이다. 바다 위에서 보아도 얕은 부분은 에메랄드빛 하늘색, 깊은 부분은 아주 어두운 색으로 절벽이 어디쯤에 있는지 쉽게 알 수 있다. 우리는 신이 나서 그쪽으로 가보았다. 몹시 가파르게 깎아져 내려가는 절벽이 장관이었다. 물이 깊어지는 경계에 다다르자 급작스레 수온이 차가워졌다. 이때부터 나는 갑자기 너무 무서워졌다. 정확히는 모르지만 인터넷에서 본 적 있던 심해공포증이 이런 걸까 싶을 정도로 곧바로 몸이 떨리면서 겁이 났다. 행복에 푹 빠져 있는 아내에게 손짓해 얕은 쪽으로 돌아왔다. 그리고 계속해서 바닷속을 구경하는데 이번에는 내가 미리 알아볼 때 스노클링 주의사항으로 꼽혔던 나타나면 피하는 게 좋은 물고기를 마주쳐버렸다. '타이탄 트리거피시'라는 아주 무섭게 생긴 물고기였는데 존재감 뚜렷한 앞니로 산호를 갉아 먹고 있었다. 황급히 손을 휘저으며 도망가라고 하는 나와 달리 아내는 그저 신기하게 쳐다볼 뿐이었다. 그날 나의 스노클링은 여기까지였다. 아내가 즐거워하며 혼자 스노클링을 마저 만끽하는 동안 나는 해변에 앉아서 얌전히 기다렸다.

여행의 마지막, 돌아오기 전날 오후에는 배를 타고 바다로 나가서 돌고래들을 만나는 투어를 했다. 반짝반짝 매끈매끈한 돌고래들이 배 바로 옆으로 다가와 헤엄을 쳤다. 배 위에서 샴페인과 간식을 즐기며 아름다운 석양과 함께 사진도 많이 찍었다. 그런데 다시 룸으로 돌아오자 둘 다 멀미 증세가 확 올라왔다. 프런트에서 준 멀미약을 먹고 조금 쉬려 누웠는데 몰디브 멀미약이 센 편이었는지 그만 깜빡 잠이 들어버렸다.

눈을 떠보니 저녁식사 시간이 거의 끝나갔다. 최대한 여유롭게 즐겨도 모자랄 저녁식사가 허무하게 날아갈지도 모르는 상황이었다. 다행히 멀미는 싹 가셨지만 마음이 초조해지기 시작했다. 얼른 준비하고 레스토랑 마칠 시간이 다 되어 가까스로 도착했다. 늘 어느 정도 여유 있는 선에서 북적이던 곳이었는데 늦은 시간이라 그런지 아무도 없었다. 다행히 입장은 할 수 있었고 자리에 앉으라며 안내해주었다. 바다가 보이는 야외 자리에 오직 우리 둘뿐이었고, 메뉴를 고르는 동안 직원 두

명이 우리만 바라보고 있었다. 우리 때문에 퇴근이 지체되는 것 같아서 미안해하며 주문을 했다. 직원이 조심스럽게 마감 시간이 가까워서 그러는데 혹시 코스 메뉴들을 한 번에 줘도 되는지 물었다. 안 그래도 미안해서 불편하던 참에 오히려 고마웠다. 아무도 없는 밤바다의 레스토랑에서 촛불을 켜고 단둘이 마지막 저녁식사를 조금 서둘러서 했다. 저녁을 먹어 다행이고 맛도 있었지만 그래도 아쉬운 건 어쩔 수 없었다. 왜 미리 멀미약을 안 먹었을까, 왜 잠들어버렸을까, 마지막 저녁인데 좀 더 신경 쓸걸….

레스토랑에서 나와 산책을 하는데 매번 지나치기만 했던 바가 보였다(이때는 아직 둘 다 술을 마실 줄 몰랐다). 이대로 그냥 가기 아쉬우니 늦게까지 운영하는 바에서 칵테일이나 한번 마셔볼까 하고 모히토를 주문했다(그 유명한 몰디브의 모히토). 혼자서 바를 지키던 바텐더는 모래사장 위 아무 자리에나 가 있으면 가져다준다고 했다. 우리는 빈백 같은 소파에 나란히 기대 가져다준 모히토를 나눠 마시며 밤하늘을 보았다. 야자수 나뭇잎들 사이로 반짝이는 별들이 빛났다. 그 아래에서 집으로 돌아가면 앞으로 어떻게 살아갈지 끝도 없는 이야기를 나누었다.

우리가 갔던 리조트에는 기본으로 포함돼 투숙객에게 식사를 제공하는 레스토랑과 별도로 결제해야만 먹을 수 있는 그 섬의 랜드마크 같은 하얀 건물의 레스토랑이 따로 있었다. 애초에 몰디브 여행 비용 자체만으로도 우리 형편상 너무 큰 금액이었기에 그 레스토랑에 가보는 건 아예 생각도 못 하고 그냥 돌아왔는데 지나고 보니 많이 후회가 된다. 나중에 아이들과 다시 한번 몰디브에 가게 된다 해도 그 리조트를 또 가지는 못할 텐데(몰디브에는 리조트마다 안전이나 콘셉트 때문에 나이 제한을 두는 곳이 있는데, 우리가 갔던 곳은 어린이 투숙이 안 되는 곳이었다) 얼마가 더 들더라도 거길 한번 가볼걸 그랬다는 아쉬움이 아직도 남아 있다. 이때의 깨달음 때문에 요즘엔 가족여행을 가면 그곳에서만 경험할 수 있는 특별한 것이나 음식은 가능하면 시도해보려고 하는 습관이 생겼다.

그렇게 우리의 신혼여행이자 내 첫 해외여행은 끝이 났고 돌아오는 비행기에서는 세상모르게 푹 잤다.

나도 내가 대견하다고

처음에는 이해가 잘 안됐다. 29살 된 첫째 아들을 결혼시키는 데 엄마는 너무나 진심이셨다. 나보다 더 분주하게 이런저런 준비를 서두르셨다. 예비 며느리 가방이라도 하나 사준다며 알아보고, 친구에게 빌려줬던 돈을 사정사정해서 돌려받아 신혼집 보증금에 보태주고, 양가 친척들께 인사 보내는 등 정신없이 바쁘셨다. 결혼식이 몇 주 앞으로 다가올 때까지도 혼주석에 혼자 앉을지, 큰아버지나 친척분과 함께 앉을지 고민하셨다. 어떤 마음이었을까. 남편의 부재를 맨몸으로 떠안고서 홀로 키워낸 아들의 결혼식을 앞두고, 비어 있는 그 옆

자리가 엄마는 새삼 쓸쓸했을까.

　　나와 아내의 준비는 다른 예비 부부들과 비슷했다. 드레스 고르고, 웨딩 촬영 하고, 식장 꽃장식과 식사 업체를 정하고, 청첩장도 만들었다. 그 와중에 친한 친구들이 얼굴에 마른오징어까지 쓰고 '함 사세요' 이벤트를 함께해주었다. 예비 처가에서 친구들과 다 같이 모여 앉아 식사했던 기억은 평생 다시 없을 추억이 되었다.

　　프러포즈는 대단하지 않았다. 결혼할 무렵 나는 이제 막 회사와 계약해서 정규 1집을 준비할 때였고 정말로 가진 게 없었다. 통장에 있었던 300만 원이 채 안 되는 돈을 탈탈 털어 반지를 샀다. 내 나름대로 수수하게 꾸며놓은 작업실에서 우리가 함께 좋아하던 연주곡들을 틀어놓고 꽃다발과 반지, 편지를 주었다. 평생 한 번뿐인 프러포즈치고 너무 별것 없었는데 그걸 보고 눈물을 글썽이며 행복해하는 아내가 참 고맙고 예뻤다. 티격태격 분주히 준비를 해나가다 드디어 결혼식 당일이 되었다.

교회에서 만나 교회에서 한 예식이었기 때문에 교회 사람들도 하객으로 많이 와주셨고, 감사하게도 친척분들, 음악 동료와 회사 관계자분들 모두 정말 많이 참석해주셨다. 생각해보면 계약을 하자마자 아주 기다렸다는 듯이 결혼을 했다(앨범 한 장 내기도 전에). 게다가 넉넉히 준비했는데도 식사가 부족해서 못 드신 분들이 꽤 생겼다. 이건 지금도 마음에 남아 있는 큰 실수다. 함 이벤트를 해줬던 친구들이 든든하게 안내와 접수를 도와주었고, 소란 멤버들과 정열이는 아름다운 축가를 해주었다. 동생도 믿음직스럽게 곁을 지켜주었다.

엄마는 내내 담담하고 씩씩하게 손님들을 맞이하셨다. 결국 혼주석에는 큰아버지와 함께 앉으셨다. 엄마의 얼굴을 볼 때마다 서로 많은 감정이 스쳤지만 자연스레 웃으며 예식을 잘 마쳤다. 엄마는 결혼식이 다가오던 어느 날 "벌써 큰아들 장가를 다 보내고 나도 내가 대견하다"라고 이야기하셨다. 혼자 두 아들을 열심히 키워온 보람을 느낀다고 하셨다. 그래도 자식이 집을 나가는데 허전하시지 않겠냐고 여쭤봤을 때는 그런 소린 하지도 말고 빨리 나가라고 하셨다. 결혼식장에서 본 엄마의 표정에도 대견함, 기쁨, 서운함이 한꺼번에 느껴졌다. 나는 자취 한 번 해본 적도 없이 결혼을 하면서 처음으로 집을 나오게 되었다. 아버지도 안 계신 집에 이제 말도 잘 안 듣는 동생과 단둘이 남게 될 엄마가 못내 걱정이었다.

신혼여행을 마치고 집에 인사를 드리러 갔을 때 새 TV가 놓여 있었다. 손님들이 많이 오셔서 축의금이 생각보다 커 낡은 TV를 바꾸신 것이다. 식사를 내어주시며 자식 열 명 있으면 집도 사겠다고 농담을 하셨다. 그리고 잘 결혼해서 여행 안전하게 다녀온 것이 효도라고도 하셨다. 내가 나 좋자고 행복하게 결혼한 것만으로 엄마는 도리어 자신을 대견하게 느끼고 행복해하신다. 이건 너무 쉬운 효도였다. 앞으로는 어려운 효도도 해 드릴게요.

1인실의 밤

첫째 딸 다윤이가 태어나고 산후조리원에서 시간을 보내다 드디어 온 식구가 함께 집으로 돌아왔다. 나는 조리원과 집을 종종 왔다 갔다 했지만 아내는 출산을 위해 집을 떠난 뒤 몇 주 만에 처음이었다. 아기가 태어나는 날 우리 가족은 둘이서 밖으로 나갔다가 이제 셋이 되어 온 것이었다. 다윤이가 태어난 병원에서도, 여러 날을 보낸 조리원에서도 매일이 설레고 벅찼지만 집에 오니 비로소 진짜 실감도 나고 기분이 묘했다. 병원과 조리원은 장소가 낯설어서 덜했는데 가장 익숙한 공간에 갓난아기 다윤이가 오니까 이제 진정 새로운 세상이 시작되는구나 싶었다. 하지만 감동은 감동이고, 현실은 현실이었다. 신경 쓰고 해야 할 일들이 산더미였고 초보 엄마 아빠인 우리는 당연히 서툴렀다. 도와주시는 선생님들 없이 아기를 안는 일, 먹이는 일, 트림시키는 일, 재우는 일 모든 것이 다 떨렸다. 열심히 배운 모유 수유도 집에서 하려니 의자와 자세가 달라져 무척 어려웠다. 하지만 그 어려움과 낯섦을 전부 채우고도 남을 만큼 큰 행복이 우리 집에 가득했다. 그렇게 세 가족으로 집에서의 첫날밤을 보냈다.

다음 날 아침부터 장모님이 큰 솥에 푹 끓여주신 미역국을 주고 가셨다. 든든하게 먹고 본격적으로 육아를 시작하려는데, 안방에서 수유를 하고 있던 아내의 떨리는 목소리가 들렸다.

"여보…. 피가…."

수유를 하면서 하혈한 것이다. 방에 들어가보니 아내가 앉은 침대 시트와 매트리스가 젖을 정도로 많은 피가 나오고 있었고, 당황한 아내는 열심히 모유를 먹는 다윤이를 이러지도 저러지도 못하는 상황이었다. 다윤이를 내게 안기고 아내가 일어섰는데, 침대는 피로 흥건하고 걸어 나오는 방바닥에도 피가 뚝뚝 떨어졌다. 너무 놀라서 허둥지둥 다윤이를 챙겨 셋이 곧장 다윤이가 태어난 산부인과로 갔다. 진찰 결과 아무래도 큰 병원으로 가봐야 할 것 같다고 해서, 나와 아내는 대학병원 응급실로 가고 다윤이는 산부인과에서 맡아주었다. 장모님과 엄마께 일 끝나시면 산부인과에 가서 다윤이를 챙겨달라고 부탁드렸다(너무 신생아라서 할머니들께 맡길 엄두는 나지 않았다). 아기와 함께 집에 온 지 하루 만에 떨어져서 심지어 병원에 가게 된 것이다.

응급실에 도착해 수속을 한 후 아내는 환자복으로 갈아입고 누워서 꽤 오랫동안 대기했다. 불안과 두려움이 몰려왔지만 서로 손을 잡고 기도하면서 기다리는 일밖에 할 수 있는 게 없었다. 모유 수유 시에는 계속해서 가슴에 모유가 차오른다. 이걸 아기에게 먹이거나, 못 먹일 경우에는 유축기를 이용해서 빼내야 한다. 그렇지 않으면 가슴에 통증이 생기는데 응급실에는 다윤이도 없고 유축기도 없었다. 안 그래도 불안하고 아픈데 가슴 통증까지 더해졌다.

몇 시간이 흐르고 밤이 되어서야 겨우 입원이 확정되었다. 바로 입원 가능한 병실이 1인실밖에 없어서 우선 그쪽으로 옮겼다. 입원 수속을 마치자마자 유축기를 챙겨올 테니 잠깐만 기다리라며 아내를 놔두고 서둘러 집에 왔다. 오늘 아침까지 세 가족의 서툶과 설렘, 분주함이 가득했던 집. 그 집이 텅 빈 채로 껍데기만 남아 나를 맞았다. 바닥에는 미드에서 본 것 같은 핏자국이 잔뜩 떨어져 있었다. 급하게 바닥을 닦으면서 아내가 불쌍하고 미안해서, 다른 병원에 외로이 혼자 누워 있는 갓난 다윤이가 걱정돼서 자꾸만 눈물이 났다. 하지만 정신을 차려야 했다. 최대한 빠르게 유축기를 챙겨 다시 병원으로 돌아왔다.

유축기는 조리원에서만 써보고 아직 집에서는 사용해본 적이 없었다. 아내는 가슴 통증으로 괴로워하고 있었는데, 이미 시간이 너무 지나서 모유가 새어나올 정도였다. 서둘러 유축기를 조립해 유축하려 했지만 아무리 해도 잘 안됐다. 알고 보니 부품이 빠진 바람에 고장이 났던 것이다. 시간은 자꾸 흐르고, 아내가 몹시 고통스러워해 더 이상 방법이 없었다. 화장실에 있는 대야를 깨끗이 씻어서 받치고 손으로 모유를 짜냈다. 아프고 기운이 없어서, 그리고 원래는 이걸 든든하게 먹이고 트림도 시키고 재워줬어야 할 다윤이 생각에 아내는 내내 울었다. 그런 아내를 껴안고 나도 한참을 펑펑 울었다.

엄마 아빠의 품에 폭 안겨 꼬물대고 있어야 할 아기의 옹알거림 대신 서러운 오열만 가득했던 1인실의 창문 밖으로 야경이 반짝이고 있었다. 그 기억에 또 눈물이 난다.

닮도록 섞이는 것

나는 행동보다 생각이 앞선다. 앞선다는 건 글로 적다보니 절제된 표현이고, 더 구체적으로 말하자면 생각하느라 행동을 못 하는 스타일이다. 집에서 청소나 설거지를 하려고 해도 지금 하는 게 최선일까, 지금 설거지하면 좀 이따가 뭐 먹고 설거지거리가 또 생기지 않을까, 청소는 어느 정도의 강도로 할까, 뭘 좀 들으면서 할까, 심지어 지금 청소와 설거지에 에너지를 쓰면 이후에 해야 할 본 업무 때 지치지 않을까 하는 식이다. 어느 정도 계산과 합리화가 되어야 움직이는 스타일이다. 여행이라도 한번 가려면 머릿속에서 난리가 난다.

고려하고 주의해야 할 게 너무 많고 미리 잔뜩 알아봐야만 직성이 풀린다. 그렇다보니 점점 조바심 나고 불안한 마음이 커져서 이럴 바에는 여행을 안 가는 게 낫겠다고 생각한다(이러고는 막상 가면 신나서 즐긴다).

반면 아내는 생각보다 행동이 앞선다. 뭔가 해야겠다는 생각이 들면 최대한 빠르게 움직인다. 청소를 해야겠다고 생각하면 다른 일을 하기 전에 청소를 끝내야 직성이 풀린다. 아이들 밥을 챙겨줄 때도 무조건 설거지를 해치우고 깔끔한 상태에서 다음 요리를 시작한다(나에게 가장 미스터리한 부분). 라면을 하나 끓인다면 내가 어떤 냄비를 사용할지 신중하게 따져보고 있을 때, 아내는 이미 물을 받아 끓이고 봉지까지 미리 뜯고 있다. 여행도 일단 날을 잡고, 교통과 숙박이 예약 가능하면 무조건 가는 걸로 한다. 유명한 여행지니 당연히 좋은 것, 재밌는 것이 다 있을 텐데 뭐가 걱정이냐는 마인드다. 아내는 조바심 내는 나를 보면서 괴로워한다.

그런 순간마다 티격태격한다. 특히 여행은 가기 전에 조금 싸우고, 가서는 행복했던 적이 꽤 많아서 나중에는 이번에 준비할 땐 싸우지 말자고 다짐한 다음 계획을 짠 적도 있다. 하지만 사실 나는 아내의 부지런한 모습을 항상 좋아하고 부러워한다. 누군가 아내의 장점을 물을 때 꼭 말하는 부분이다. 그래서 일을 하다가 힘들거나 게을러질 때면 이런 아내의 모습을 생각하면서 힘을 낸다. 실제로 여러 상황을 겪으면서 생각을 많이 하고 행동을 망설이는 게 얼마나 단점이 되는지 느낀다. 아내처럼 부지런하게 행동해야겠다고 다짐하게 된다.

아내는 고민 끝에 좋은 아이디어로 설거지나 청소를 하는 내 모습을 보면서 결혼 몇 년 만에 나의 현명함을 인정해주었다. 라면 끓일 때 왜 그 냄비와 그릇을 써야만 했는지 수긍해서 이제는 나처럼 한다. 여행지에서도 내가 미리 꼼꼼히 알아본 게 유용하다며 칭찬해준다.

아내는 건강식주의자다. 가족들에게 맛있는 음식 먹이는 데 진심이신 장모님의 훌륭한 음식 솜씨 덕분에 어렸을 때부터 완벽한 한식주의자로 자라났다. 가리는 음식도 없이 밥을 참 맛있게 잘 먹는다. 사 먹는 것보다는 집밥을 좋아하고 결혼 전 데이트할 적에도 패스트푸드나 군것질 같은 건 그다지 선호하지 않았다. 밥을 든든하게 먹으면 군것질이 안 당긴다고 말하곤 했다. 아내는 탄산음료를 싫어했다. 콜라는 햄버거나 피자를 먹을 때 조금 먹는 것으로 인식하고 있었다. 고깃집에서 같이 고기를 먹고 마무리로 개운하게 콜라 한 병을 주문하면 아내는 콜라 대신 물을 마셨는데 나는 이 모습에 큰 충격을 받았다. 라면도 안 좋아했다. 끼니를 때우는 수많은 방법 가운데 라면은 최후의 수단으로 여기는 듯했다. 커피 역시 아침에 믹스커피 한 잔 마시는 정도지 그렇게까지 선호하지는 않았다.

이와 달리 나는 매우 깨작거린다. 가리는 음식까지는 없지만 어렸을 때부터 할아버지, 할머니들께서 참 복 나가게 먹는다고 그러셨다. 엄마는 일하느라 바빠서 내게 맛있는 걸 많이 못 해줘 그런다고 생각하시는데, 똑같은 음식을 먹고 자란 동생이 엄청난 대식가인 걸 보면 그건 아니다. 깨작거리는 애들이 또 입맛에는 까다롭다. 사 먹을 때 음식끼리 혹은 본식과 후식을 매칭하는 걸 좋아한다. 식사를 안 해도 군것질로 끼니를 잘

때운다. 집밥을 안 먹고 사 먹는 것에 아무런 거리낌이 없다. 게다가 나는 라면과 탄산음료, 커피를 너무 좋아해서 그것만 있어도 잘 먹고 잘 살 수 있다고 생각할 정도였다.

요즘 아내는 점심에 얼큰한 음식을 먹고 나면 얼음을 곁들여서 콜라를 마신다. 내가 콜라를 집에 잔뜩 사다놓는 걸 신기하게 보던 시절이 있었는데 지금은 아내가 먼저 콜라를 찾기도 한다. 밤에 느끼한 안주에 같이 와인을 마실 때면 매운 라면 먹자고 날 꼬시기도 한다. 커피를 좋아하게 되어서 집에 캡슐커피 소진 속도도 엄청나다.

나는 (비교적) 안 깨작거린다. 집밥, 한식이 정말 정말 맛있다. 이토록 맛있는 음식을 먹는 것이 행복하다. 맛 좋고 가치 있는 한 끼를 제대로 먹고 나면 이 감동의 마지막 순간에 콜라를 넣는다는 것이 죄스럽게 느껴져 일부러 마시지 않을 때도 있다. 컨디션이 나빠질 것 같으면 건강에 좋은 음식을 일부러 챙겨 먹기도 한다.

우리는 닮은 점도 많았고 다른 점도 많았다. 부부

는 닮아간다고 하는데, 20년 가까이 함께해오면서 나는 우리가 섞여간다고 느낀다. 다른 색깔의 두 액체를 한 곳에 넣은 것처럼, 각자가 사라지지 않고 상대의 색깔에 영향받아 함께 다른 색깔을 만들어간다. 그래서 결국 닮아지는 게 아닌가 싶다. 서로 닮도록 섞이는 것, 그게 부부인 듯하다.

상대방의 장점을 찾고 이에 영향받아 나 자신이 변한다는 건, 다시 말해 사랑한다는 뜻이다. 아내를 닮아가고 싶은 장점이 아직 정말 많다.

둔아가
태어나던 날

첫째 딸 다윤이가 생겼다는 걸 1월 1일에 알게 되었다. 태명을 신중하게 고민하다가 신정에 알게 되었으니 쩡이로 지었다. 쩡이가 세상에 나온 후에 다윤이라는 이름으로 무럭무럭 자랐다. 우리는 가끔씩 동생이 있으면 어떨 것 같냐고 물었고 다윤이는 그때 즐겨 보던 애니메이션에 나오는 아기를 보면서 저런 동생이 있으면 좋겠다고 답했다. 그 아기의 이름은 하나였다. 다윤이가 5살 때 엄마 배 속에 동생이 생겼다. 이번에는 태명을 오래 고민할 필요 없이 하나라고 지었다. 다윤이는 엄마 배를 만지면서 귀를 대고 "하나야~ 빨리 나와"라며 동생을 부르곤 했다. 하나는 태어난 후 윤아가 되었다.

둘째는 모든 것이 수월하다더니 과연 그랬다. 입덧 기간 동안 아내의 고생이 심하긴 했지만 그 시기가 지나자 다윤이 때보다는 많은 부분이 편했다. 아이가 태어나는 과정과 신생아 육아에서 겪는 어려움은 대부분 두려움에서 시작된다. 처음이라 아무것도 모르는데 배 속에 생명이 있다는 것, 너무나 소중하고 작고 위태로워 보이는 갓난아기가 눈앞에 있다는 것이 당연히 두렵고 두려워서 어려운 것이다. 둘째라고 해서 특별히 엄청난 육아 기술을 갖게 된 건 아니지만, 그 두려움과 불안이 없다는 이유만으로도 모든 게 훨씬 수월한 것 같다. 그런 부모의 태도와 감정이 아이들에게도 전해져서 첫째와 둘째의 성격적인 특징에 어느 정도 영향을 끼치지 않을까 하는 생각이 든다. 아무래도 첫째는 키우면서 부모가 비교적 안절부절못하게 되니 좀 더 겁이 많고 조심스럽다면, 둘째는 상대적으로 거침없이 키워서 보다 자유로운 그런 차이가 있는 듯하다. 우리 부부의 사적인 고찰이다.

다윤이가 태어나고 아내가 아팠던 경험이 있었기 때문에 윤아는 큰 대학병원에서 출산하기로 결정했다. 드디어 예정일이 가까운 4월 7일로 넘어가는 새벽, 아내의 진통이 시작되었다. 새벽 3시가 지나 병원으로 출발했다. 미리 싸둔 짐을 챙기고 곤히 잠든 다윤이를 깨워서 처가에 데려다주었다. 이른 새벽인 데다 그때까지 다른 집에서 혼자 재워본 적도 없었지만 미리 이야기를 많이 해두어서인지 다윤이는 울지도 않고 외할머니댁으로 들어갔다(나중에 들었는데 사실 아내는 차에서 너무너무 아팠는데 다윤이가 걱정할까봐 티를 못 내고 있었다고 한다). 다른 일들은 시간이 지나니 기억이 흐릿해져 조금씩 헷갈린다. 그래서 정확히 떠올리려 애쓰며 글을 쓰고 있지만, 이 순간의 새벽 공기와 느낌만큼은 참 선명하게 기억난다. 아내 걱정, 다윤이 걱정, 배 속 아기 걱정에 가슴이 쿵쿵 뛰고, 빠르면서도 안전하게 병원까지 가야 하는 상황이라 몸과 마음이 분주한데 온 세상은 무심하게도 아직 어둡고 고요하기만 했던 그런 새벽이었다.

둘이서 병원에 주차를 하고 산부인과까지 꽤 긴 거리를 걸어가는데 진통 주기가 점점 짧아졌다. 진통이 정말 신기한 게 주기가 왔을 때는 고통이 극심했다가 끝나면 다음 주기까지는 또 괜찮다고 한다. 아내가 병원 복도를 분주하게 걷다가 갑자기 "잠깐만!" 하고 벽에 손을 짚으면 멈춰 선 채로 아파서 괴로워하는 걸 기다리다가 "이제 됐어. 가자!" 하면 또 갔다. 그렇게 고통스러우면서도 신기하다고 같이 낄낄거리며 걸어갈 수 있었던 것도 아마 둘째의 여유였을 것이다.

새벽 5시 51분에 둘째 윤아가 태어났다. 알고 보니 병원에 도착해서 체크를 하자마자 바로 분만 준비를 할 정도로 촉박한 상황이었다. 정말 감사하게도 아내와 윤아 모두 건강했지만 얼마나 고생했는지 아내의 얼굴에 실핏줄이 다 터져 있었다. 점심이 지나서 처가에 있는 다윤이를 만나러 갔더니, 울거나 떼쓰지는 않았는데 긴장했는지 새벽 3시부터 여태까지 안 자고 있었다. 외할머니, 외할아버지도 덩달아 주무시지도 못하고 계셨다.

양가 부모님, 다윤이와 함께 아내와 윤아를 만나러 병원으로 왔다. 세상에 갓 태어난 윤아는 아무것도 모른 채 신생아실 유리벽 너머에 잠들어 있었다. 다윤이는 엄마가 불쌍하다며 실핏줄 터진 얼굴을 한참 만져주다가 긴장이 풀렸는지 그제야 병원 침대에서 엄마 옆에 누워 잠이 들었다.

엄마가

보고 싶어

다윤이 때는 2주였지만 윤아 때는 1주 동안 아내가 산후조리원에 들어갔다. 그 기간 동안 나와 다윤이 둘이서 집에 있어야 했다. 직업 덕분에 보통의 아빠들보다는 아이와 함께 보낸 시간이 아주 많은 편이었지만 정작 단둘이 하루 이상을 보낸 적은 없었다. 5살이 되도록 어디에 맡겨서 재워본 적도 없었다. 윤아 출산일 새벽에 처가에 맡겨본 게 처음일 정도였다.

그렇다보니 출산 예정일이 다가올수록 그 주를 어떻게 보낼지 많은 생각을 했다. 밥을 어떻게 먹을지, 유치원 등하원을 어떻게 할지, 주말에 내가 일할 때는 어떻게 할지 하루하루 계산해두었다. 다윤이와 오붓하게 보낼 시간이 기대되기도 하고 엄마를 보고 싶어 할까 봐, 내가 잘 챙겨 먹이지 못할까봐 걱정이 되기도 했다. 다윤이는 아기 때부터 어떤 상황이든 미리 설명하고 제대로 납득을 시켜주면 수월히 받아들이는 편이었다. 그래서 꽤 오래전부터 엄마가 조리원에 가면 아빠랑 둘이서 보내야 한다는 것을 이야기해주었고 다윤이도 좋다고 했다. 드디어 윤아가 태어나고 이틀간 병원에 있다가 조리원으로 들어가는 날. 아내와 윤아를 조리원에 바래다주고 유치원에서 하원하는 다윤이를 만나면, 단둘이 보내는 7일 이제부터 시작!

아내가 미리 준비해둔 반찬을 꺼내서 밥을 먹고, 다윤이가 좋아하는 곰탕 국물도 정육점에서 사다가 끓여 먹었다. 다윤이는 걱정했던 것보다 협조적이었다. 다윤이가 외로워할까봐 나도 거의 모든 일을 빼놓고 열심히 같이 놀며 시간을 보냈다. 이렇게 주어진 기회에 그동안 못 해본 것들, 다윤이가 좋아하는 것들을 다 해주면서 행복한 시간을 만들어주고 싶었다. 같이 숍에 가서 머리카락을 자르고 다윤이는 예쁘게 머리 세팅도 하고 네일아트도 해주었다. 낯설어하긴 했지만 다윤이도 즐거워 보였다. 밖에서 맛있는 것도 많이 사 먹고 놀이터에서도 놀았다. 아빠랑 둘이 있는 데다 완전히 집중해서 놀아주니 평소보다 더 많이 웃고 까부는 듯했다. 하루 종일 열심히 놀아주니까 밤에 잠도 잘 잤다. 같이 누워서 조금만 재워줘도 금방 곯아떨어졌다.

그 주에 집에서 멀지 않은 한강에서 페스티벌이 있어 현장 리허설하는 날 다윤이를 데리고 갔다. 야외 공연 페스티벌 하는 곳에는 처음 동행했는데 막상 무대에 올라 리허설을 하는 동안 다윤이가 편하게 있을 만한 곳이 없어서(내가 걱정과 호들갑이 너무 많아서 눈에 안 보이는 대기실에 있게 할 수가 없었다) 무대 한가운데 의자를 두고 다윤이는 거기 앉아 구경했다. 4월이라 날씨도 좋은데 깜찍한 다윤이가 눈을 동글동글 뜨고 지켜보고 있으니까 정말 정말 귀여웠다. 같이 춤추고 안아주기도 하면서 리허설을 행복하게 마친 뒤 구석구석 구경하고 사진도 찍으며 한참을 놀았다. 한강의 햇살과 잔디보다 다윤이의 미소가 더 예뻤다. 위기도 있었다. 무대 위에서 구경하며 말린 고구마 간식을 먹었는데 그게 얹혔는지 그날 저녁을 먹다가 갑자기 배가 아프다고 하더니 웩 하고 토했다. 낯선 곳에서 온갖 악기들에 소리도 시끄러운데 그 뻑뻑한 걸 내가 물도 없이 먹게 한 것 같아서 후회가 되었다. 결국 이렇게 초보 티를 내고 말았다. 다행히 다윤이는 토한 뒤 금방 아무렇지도 않아져서 또 까불며 놀았다.

그렇게 4일 정도를 즐겁게 보내니까 이제 익숙해져서 예상보다는 할 만하다는 생각이 들었다. 오히려 둘만 보내는 다시 오지 않을 이 시간이 소중하고 귀하게 느껴졌다.

아내가 돌아오기까지 며칠 남지 않았던 어느 날 밤. 그날도 깨끗이 씻고 책이며 장난감이며 실컷 재밌는 시간을 보내다 다윤이와 함께 자려고 누웠다. 평소와 다를 바 없이 불 끄고, 자장가 불러주고, 잘 자라고 인사한 후 이제 금방 잠이 들겠지 하며 나도 눈을 감고 있었다. 조금 시간이 지나자 무슨 소리가 들렸다. 다윤이가 조용히 코를 훌쩍이며 작게 울고 있었다. 토닥여주면서 물었다.

"다윤아, 왜 그래? 울어?"

내가 달래주자 다윤이는 참지 못하고 점점 더 크게 울기 시작했다.

"왜 그래? 다윤아, 울지 마."

다윤이는 품 안에 파고들어 엉엉 울면서 말했다.

"엄마…. 훌쩍…. 엄마가 보고 싶어…."

며칠간 한 번도 하지 않은 말이었다.

나는 내심 다윤이도 아빠와 함께하는 시간이 흥미진진하고 즐거워서 엄마 보고 싶다고는 안 하나보다 여겼다. 아내와 통화할 때도 "너무 재밌어서 엄마 안 찾는 것 같던데?" 하며 자랑하기도 했다.

그런데 이때 비로소 느꼈다. 다윤이도 자기 나름대로 애쓰고 있었구나. 몇 번을 꾹 눌러 참고 참다가 터져 나온 듯했다. 윤아가 태어나기 전에 이 기간 동안 아빠랑 둘이 잘 있어야 한다고 신신당부했던 것도 기억하고, 아빠도 무척 노력하는 것 같으니까 다윤이도 열심히 맞춰주려고 했던 듯싶다. 내 과대 해석일 수도 있겠지만 더 큰 지금 다윤이를 봐도 아이 성격이 꼭 그렇다.

좀처럼 울음을 그치지 못하고 엄마를 찾는 다윤이를 꼭 안아주었다. 그런 어린 딸이 너무 고맙고 미안해서 나도 눈물이 흘렀다.

"다윤아, 사랑해. 오늘 푹 자고 내일 같이 엄마 보러 조리원 가자."

칭찬바구니

지난겨울 우리 가족 넷이서 여수로 여행을 다녀왔다. 초등학교 2학년인 다윤이는 학기 중이라서 체험학습 신청서를 냈다. 금요일부터 2박 3일 일정. KTX를 놓칠 뻔하기도 하고, 초겨울 찬바람이 부는 유람선 위에서 꼭 껴안고 불꽃놀이도 보고, 〈여수 밤바다〉도 들었다. 찢어지는 선상 스피커의 음질이 유감이었지만, 불꽃놀이 전까지는 절대로 틀지 않고 아껴두었다가 마지막 불꽃과 함께 마침내 〈여수 밤바다〉를 트는 귀여움이 좋았다. 아이들은 둘째 날 갔던 놀이공원에 이번 여행의 모든 의미를 두는 듯했으나, 동백열차 타고 오동도에도 가고 향일암도 열심히 올랐다. 그리고 무엇보다 네 명이 모두 일찍 잠에서 깨는 바람에 우연히 보게 된 일출은 오래오래 기억에 남을 것 같다.

감사하게 여행을 잘 마치고 집에 도착한 일요일 저녁, 마무리까지 편안하고 행복했으면 하는 마음에 저녁으로 치밥을 선택했다. 교촌 오리지널 콤보 한 마리 반과 아내가 만든 떡볶이, 내가 만든 하이볼까지 즐거운 여행을 마치고 먹는 식사로 더할 나위 없이 좋다고 생각했다. 그런데 먹다 말고 다윤이가 엄마 아빠랑 더 있고 싶다며 엉엉 울기 시작했다. 금요일에 학교도 안 갔겠다, 밀린 숙제들이 생각나면서 내일 학교 가기가 싫어져 슬퍼진 듯했다. 겨우 이런 걸로 울다니 마음이 이리 약해서 어쩌나 걱정이 되다가도, 어렸을 때 일요일 밤 이태선밴드의 〈개그콘서트〉 클로징 연주에 아려오던 가슴 한편을 생각하니 이해가 되기도 했다. 잘 달래주고 숙제를 하나둘 체크해주면서 보니 가족끼리 서로 칭찬해주고 이에 대해서 일기를 써오는 숙제가 남았다.

평소 가족끼리는 오그라드는 말이어도 많이 하는 게 좋다고 생각하는 나로서는 내심 벌써부터 마음에 드는 숙제였다. 아내와 나, 다윤이 셋은 식탁에 모여 앉고 윤아는 이리저리 돌아다니던 저녁 8시쯤 내가 먼저 칭찬하기를 시작했다.

아내는 정말 성실하다. 미루기를 좋아하는 나는 상상도 못 할 경지인 음식 먹고 바로바로 치우기, 여행 다녀와서 즉시 트렁크 정리하기 등을 아무렇지도 않게 해낸다. 그리고 고마운 마음도 미안한 마음도 잘 표현해준다. 작은 기쁨도 몇 배로 만들어줄 줄 알고 큰 슬픔도 씩씩하게 이겨낼 수 있도록 해주는 사람이다.

다윤이는 마음속에 사랑이 아주 많다. 봄날의 햇살처럼 예쁘고 따뜻한 마음이 가득하다. 그리고 노래를 잘 부른다. 노래 말고도 무엇이든 가르쳐주려고 하면 열심히 잘 듣고 따라 하려 노력한다. 5살 차이 나는 동생이 부럽고 얄미울 때도 많지만 양보를 잘하고 사랑해준다.

윤아는 귀엽다. 너무 귀여워서 귀여운 걸 칭찬할 수밖에 없다. 아가 때부터 신기하게 잘 웃고 또 주변을

웃게 만든다. 늘 씩씩이라서 조금 넘어지거나 다친 걸로는 좀처럼 울지 않고 엄살도 없는 편이다.

　이렇게 한 명씩 칭찬을 하니 이미 아내는 눈이 빨개져서 티슈를 찾고 있었고 나도 마음이 따뜻해졌다. 아이들도 공식적으로 칭찬을 들으니까 눈빛을 반짝거리며 좋아했다.

　다음은 다윤이가 엄마는 요리를 잘하고 예쁘다고, 아빠는 노래를 잘 부르고 멋있다고, 윤아는 역시 너무 귀엽다고 칭찬을 했다. 이번에는 아내가 나에게 가족을 많이 사랑하고 책임감이 있다며, 그리고 이야기를 잘 들어준다고 칭찬해주었다. 나도 조금 눈물이 났다. 마지막으로 이리저리 까불며 돌아다니던 윤아가 엄청 큰 목소리로 한 명씩 짧고 굵게 칭찬해주었다. 씩씩하게 또박또박 말하는 모습이 신기하고 재밌어서 모두 웃으며 보고 있었다. 그러다가 마지막으로 언니를 칭찬할 때 언니는 공부를 참 잘한다고 했다. 사실 둘이 같이 집에 있을 때 신나게 놀다가도 언니가 공부를 해야 할 때면 윤아가 무척 심심해한다. 그래서 싫어할 줄 알았는데 언니는 공부를 잘한다고 칭찬해주니까 그게 그렇게 귀엽고 짠해서 나와 아내는 펑펑 울어버리고 말았다.

칭찬하기 시간을 마친 뒤 다윤이는 숙제를 위해서 이렇게 칭찬을 주고받은 내용을 일기에 쓰려고 자리에 앉았다.

"제목은 뭐라고 할 거야?"

조금 망설이던 다윤이는 연필을 들고 일기장 맨 위에 이렇게 적으면서 웃었다.

"칭찬 바구니."

평생 사랑과 칭찬으로 가득 채우고 싶은 바구니를 찾았다.

삶이 아름다운

가사가 되길

    지금 생각하면 놀라운 일인데, 처음으로 노래를 만들기 시작했을 때는 가사 쓰는 것에 별로 관심이 없었다. 사실 더 예전으로 돌아가 어린 시절 음악을 사랑하게 되면서 한창 많이 들을 적에도 그다지 가사에 신경 쓰거나 귀를 기울이지는 않았다. 화성과 리듬 같은 요소의 아름다움을 찾고 즐기는 것만으로도 충분했던 걸까. 그때의 나에게 가사는 이미 맛있게 만들어진 음식 위에 놓인 고명 같은 존재였던 듯하다. 그래서 처음으로 습작을 할 때도 그저 자연스럽게 얹어지는 가사로 쭉 적어갔다. 물론 열심히 쓰긴 했지만 내용이나 의미보다 입에 잘 붙고 선율과 어울리는 느낌이면 OK인 식이었다. 부르면서도 가사에 푹 빠져 감정 이입을 하기보단 음정, 박자에 맞춰서 노래를 잘 부르려고 애쓰기에 급급했다.

데뷔 후 여기저기에서 공연을 하며 인기가 많은 다른 팀들을 자주 접하게 되었다. 그중 몇몇 팀은 음악도 음악이지만 좋은 가사가 인기의 비결이라고 했다. 가사에 공감이 가서 위로를 받고, 가사를 들으러 공연에 온다는 이야기도 들었다. 그때까지도 머리로는 이해를 했지만 그냥 그런가보다 하는 수준이었다. 오히려 가사를 중심으로 음악을 즐기다니 신기하다고 생각했다.

그런데 그런 분이 우리 팬분들 중에도 있었다. 첫 앨범을 내고 공연을 하러 다니는데 가끔씩 "소란 음악은 가사가 정말 좋아요" 하는 피드백을 듣게 된 것이다. 그럴 때마다 정신이 번쩍 들었다. 이즈음부터 나도 가사에 눈을 뜨기 시작했다. 정말 늦게, 심지어 데뷔 후에, 그것도 팬분들 덕분에 비로소 가사에 진심이 된 것이다. 그리고 이때부터 친해진 정열이는 아무리 곡이 좋아도 가사가 아쉬우면 접을 정도로 가사에 집착하는 가사 귀신이었기 때문에 그 영향도 받았다.

첫 미니앨범과 두 번째 싱글을 내고 세 번째로 발표한 컴필레이션 참여곡 〈준비된 어깨〉라는 노래부터 가사의 질이 조금 바뀌었다고 생각한다(나만의 기준이지만). 그리고 정규 1집을 시작으로 노래들을 만들고 발표하면서 내가 하고 싶은 이야기는 무엇인지, 사람들이 듣고 싶은 이야기는 무엇인지 점점 더 많이 궁금해하는 과정을 지나고 있다.

늦게 시작된 가사 여정인 만큼 시행착오도 있고 아직 부족한 점이 많다고 느낀다. 하지만 신경을 쓰며 만들고 경험해보면서 알게 된 것들이 있다. 그중 가장 큰 것은 너무 당연한 말이지만, 나한테 무언가 느껴졌던 가사를 사람들도 느낀다는 것, 신기할 정도로 진짜를 알아본다는 것이다. 물론 작사의 기능적인 부분이 잘 이루어졌다는 전제하의 이야기다. 내 마음이 실제로 움직이는 어떤 주제나 라인이 음악과 어울리도록 담겼을 때 듣는 사람과 공명이 생기는 신비로운 경험을 했다.

〈우리, 여행〉이라는 곡과 〈행복〉이라는 곡이 그랬다. 가사에 신경을 쓰지 않았을 때는 전혀 몰랐던 감동이 있다. 가사가 단순히 노래 위에 얹어진 게 아니라 완전히 섞여서 기적처럼 마음과 마음이 전해지는 감동….

　　다윤이와 윤아가 태어나고 나서는 아이들이 내 마음을 제일 많이 움직인다. 아이들이 태어나는 순간도, 자라는 모습도, 예쁠 때도, 짜증 내고 울 때도 마음이 벅차도록 울린다. 그러다보니 무언가 만들려고 하면 자연스럽게 가장 먼저 아이들이 떠오른다. 그렇게 다윤이를 생각하면서 〈Sunshine〉이라는 노래를, 윤아를 생각하면서 〈괜찮아〉라는 노래를 만들었다. 앞으로 아내와 함께 행복하게 나이 들어가는 노래도 만들고 싶다. 훨씬 더 나중에는 할아버지, 할머니가 된 팬분들을 향한, 그들과 우리의 모습을 담은 노래도 만들고 싶다.

에필로그

행복이 어떤 건지 가끔 생각한다.

우리, 가던 길로 천천히 같이 가는 것,

늘 여행하듯 살아가는 것,

밥 먹었는지 챙겨주는 것,

추울까봐 걱정되는 것,

이 마지막 문장을 읽고 있을 사람을 상상하는 것.

모두 나에겐 기적이고 행복이다.

행복이 어떤 건지 가끔 생각해

초판 1쇄 인쇄 2023년 8월 25일 | 초판 1쇄 발행 2023년 9월 15일

지은이 고영배

펴낸이 신광수
CS본부장 강윤구 | 출판개발실장 위귀영 | 디자인실장 손현지
단행본개발팀 정혜리, 김혜연, 조문채, 권병규
출판디자인팀 최진아, 김가민 | 저작권 김마이, 이아람
출판사업팀 이용복, 민현기, 우광일, 김선영, 신지애, 허성배, 이강원, 정유,
설유상, 정슬기, 정재욱, 박세화, 김종민, 전지현
영업관리파트 홍주희, 이은비, 정은정
CS지원팀 강승훈, 봉대중, 이주연, 이형배, 이우성, 전효정, 신재윤, 장현우, 정보길

펴낸곳 (주)미래엔 | 등록 1950년 11월 1일(제16-67호)
주소 06532 서울시 서초구 신반포로 321
미래엔 고객센터 1800-8890
팩스 (02)6455-8816 | 이메일 bookfolio@mirae-n.com
홈페이지 www.mirae-n.com

ISBN 979-11-6841-634-5 03810

* 북폴리오는 ㈜미래엔의 성인단행본 브랜드입니다.
* 책값은 뒤표지에 있습니다.
* 파본은 구입처에서 교환해 드리며, 관련 법령에 따라 환불해 드립니다.
  단, 제품 훼손 시 환불이 불가능합니다.

북폴리오는 참신한 시각, 독창적인 아이디어를 환영합니다.
기획 취지와 개요, 연락처를 bookfolio@mirae-n.com으로 보내주십시오.
북폴리오와 함께 새로운 문화를 창조할 여러분의 많은 투고를 기다립니다.